Michael Markaris

Die Rückkehr der Leoparden

Michael Markaris

Der Mykonos-Krimi 11

MYKONOS LOVE STORY 7

Die Rückkehr der Leoparden

Bisher erschienen:
Band 1 „Griechische Brandung"
Band 2 „Jenseits von Mykonos"

Band 5 „Mykonos Love Story 1"
Band 6 "Mykonos Love Story 2 – Das Goldene Ei"
Band 7 "Mykonos Love Story 3 – Morgenröte über Mykonos"
Band 8 "Mykonos Love Story 4 – Mykonos Speed"
Band 9 "Mykonos Love Story 5 – Rape"
Band 10 "Mykonos Love Story 6 – Der rosa Leopard"

Impressum
Titelbild: Markaris/Istockphoto -Karte Wikivoyage
Copyright Michael Markaris 2018
ISBN 9783748103493
Druck books-on-Demand Gmbh

Jeder Band behandelt einen abgeschlossenen Fall, sodass die Bände nicht in der Reihenfolge gelesen werden müssen. Zum Verständnis der Beziehung ist es aber von Vorteil.

Am Ende von „Mykonos Love Story 1" sind Kommissar Pandis und Angelos gestorben. Der siebte Teil ist das sechste Prequel und behandelt die (meist glücklichen) Monate vor den tragischen Ereignissen.

Während Band 1 auf wahren Begebenheiten beruht, sind die Prequels hinsichtlich der Kriminalfälle natürlich Fiktion.
Dort, wo private Momente zwischen Paul Pandis und Angelos geschildert werden, entsprechen die Darstellungen aber ohne Abstriche der Wahrheit.

Paul Pandis (jetzt Markaris), 53, ist Leiter der Polizei Mykonos.

Angelos Markaris, 28, ist Mitarbeiter beim Geheimdienst EYP und – wohl wichtiger – Pandis´ Ehemann.

Für Angelos

PROLOG

Der Flug von Athen nach Beirut verlief problemlos. Wenn man das von einem Flug nach Beirut sagen kann. Middle East Airlines. Im Vergleich zu Flügen in Europa ist auf dieser Strecke der Lärm durch die Passagiere dreimal so hoch. Und die Vielfalt der Stimmen variantenreicher.

Angelos war genervt. Die Sitzreihen waren angeordnet wie die Käfige in einer Legebatterie. Und Angelos, Codename „Rosa Leopard", war 1,85 cm groß, ein Herunterklappen des Tisches nicht möglich. Gut, Business wäre wahrscheinlich keine gute Deckung. Aber das nächste Mal wäre es ihm egal. Er würde aufzahlen.

Wenn er denn nach Hause käme.

Gegenüber Paul hatte er seine Ängste teilweise verbergen können, allein schon, um diesen nicht noch weiter zu belasten. Er konnte sich vorstellen, wie Paul in diesem Moment in den Seilen hing. Aber es war auch ein schöner Gedanke. Wie viele Ehepartner sind froh, wenn der Andere auf Dienstreise geht – also verschwindet. In Pauls Fall wusste Angelos, dass er litt, richtig litt. Gewöhnlich sitzt er dann apathisch zu Hause und isst fast nichts, bis Angelos zurückkommt. Ein schönes Gefühl, geliebt zu werden und zwar aufrichtig. Es gab Angelos Kraft.

Und die Tatsache, dass Paul gelernt hatte anzuerkennen, dass Angelos Beruf anspruchsvoll und nicht nur Herumballern mit Präzisionsgewehren war. Er war lernfähig – mit 53. Eine reife Leistung. Und ein weiterer Grund, warum Angelos Paul liebte. Und umgekehrt war es genauso. Paul liebte ihn abgöttisch.

Es wäre alles perfekt, wenn er nicht nach Beirut müsste.

Noch immer wurmte ihn dieser bescheuerte Codename. Besonders die Farbe. Die Erklärung der Israelis für die verschiedenen Farben interessierte ihn wenig. Es blieb eine Frechheit, andererseits war es nur ein Name.

Zwei Wochen war es her, dass das Schiff der Drogenhändler in der Ägäis versenkt wurde, samt Drogen und Besatzung. Momentan glaubten die Hintermänner in Beirut noch, es wären die Amerikaner gewesen. Tatsächlich waren es die Griechen, die auf den Beschuss durch die Drohne bestanden. Das Drogenboot war zu stark bewaffnet, als dass man es ohne Blutbad hätte stoppen oder entern können.

Angelos hoffte, dass es noch nicht durch-
gedrungen war, wer wirklich alles hatte
auffliegen lassen. Auf Mykonos waren es Paul
und Angelos gewesen, die das Verteiler-
system über die Besitzer der Beachclubs
aufdeckten und dann stoppten.

Aber die CD mit den Folterbildern, die die
Drogenhändler allen Beteiligten zukommen
ließen, machte klar: Diese Männer schrecken
vor nichts zurück. Nicht mal vor der Vergewaltigung eines zehnjährigen Mädchens.

Auch Angelos wurde schon vergewaltigt, es
war jetzt drei Jahre her. Aber er war ein
Mann. Für ein zehnjähriges Mädchen? Gut,
man hatte sie hinterher bestimmt ermordet.

1

Endlich in Beirut gelandet, atmete Angelos auf. Er hasste Menschenmengen. Es musste – auch beruflich bedingt – alles übersichtlich sein. Doch der Rafiq-Hariri-Flughafen war im Grunde genommen immer noch der gleiche wie beim Bau 1953. Eng und unkomfortabel.

Er kannte Beirut bereits von einem früheren Einsatz. „Kannte" war natürlich übertrieben. Sagen wir es so: grobe Orientierungspunkte hatte er im Kopf und in der Vorbereitungszeit noch einiges hinzugelernt. Aber Beirut war nicht mehr die europäische Stadt, die sie früher einmal war. Sie war – durch den Einfluss des Irans - eine arabische Stadt geworden.

Erleichtert stellte Angelos fest, dass er die Sprache noch immer problemlos verstand und auch sprechen konnte. Tatsächlich könnte er als Araber, aber auch als Israeli „durchgehen". Dunkler Teint, schwarze Haare und dunkle Augen – blond und blaue Augen wären nicht hilfreich gewesen.

Um möglichst unauffällig zu sein, sollte man immer auf sein Gepäck achten. Nichts ist verdächtiger als zu wenig Gepäck, und so hatte Angelos einen normalen, schwarzen Koffer bei sich. Natürlich ohne Waffen, denn ein zerlegtes Gewehr sorgt am Zoll für die sofortige Verschiebung des Passagiers in das dunkelste Loch des jeweiligen Landes.

Angelos sollte seine Waffe von den Israelis nach dem Treffen im Hotel erhalten. Er fühlte sich nackt. Für jemanden, dessen Beruf das Tragen von Waffen war, ist es ohne, als würde ein Körperteil fehlen.

Er verließ das Terminal und wurde überwältigt von dem infernalischen Lärm, der jede größere arabische Stadt kennzeichnet. Selbst Menschen, die direkt nebeneinander-standen, brüllten, als wären sie Kilometer voneinander entfernt.

Und Chaos. Von Verkehr konnte keine Rede sein. Jeder erfand seine eigene Fahrspur und verteidigte diese zur Not mit Gewalt. Am Taxistand der gleiche Zustand: Heftiges Gerangel unter den Fahrgästen. Entgegen allen Regeln bestieg Angelos das hinterste Taxi. Als der Fahrer zu fuchteln begann, zog Angelos einen 50-Euro-Schein und sagte nur:

„Sofitel!"

2

Vor dem Hotel begab er sich auf die Suche nach einem Handyladen. Eine solche Suche dauert in unseren Städten ein paar Minuten, in Afrika und Asien ein paar Sekunden. Es ist dort schwieriger, etwas zu Essen zu kaufen als eine SIM-Card.

Angelos kaufte zwei Handys und vier Karten.

In einem nahegelegenen Café baute er ein Handy zusammen und legte eine der Karten ein. Paul hatte er eingeschärft, er möge zuhause das Gleiche tun. Keine Telefonate über Festnetz oder das normale Handy. Neues Handy und ein paar SIM-Cards, lautete Angelos´ Anweisung.

„Hallo, Paul!"

„Mein Großer. Gott bin ich froh, Deine Stimme zu hören. Noch alles in Ordnung?"

„Jawoll, Herr Kommissar! Ich bin auf dem Weg ins Hotel. Die Kollegen kommen nachher zu mir. Furchtbar laut. Ich dachte immer, lauter als in Athen geht es nicht."

„Und auf jeden Fall lauter als Kalafati", Paul lachte. Kalafati ist der östlichste Strand von Mykonos. Dort wohnten die Herren Paul und Angelos Markaris.

„Was würde ich jetzt für eine Stunde Balkon zuhause geben", sagte Angelos. Stille. Dann lachte Angelos. „Ich kenne Dich genau. Du denkst jetzt Sonne, es folgt Schweiß unter meiner Achsel, den Du dann ablecken darfst!"

Der Mann ist der Teufel. Nur der hat solche telepathischen Fähigkeiten. Paul hatte exakt diese Bilder im Kopf.

Auch Paul lachte.

„Entweder habe ich eine Wanze im Kopf oder ich bin so berechenbar wie ein Taschenrechner. Woher weißt Du immer, was ich denke?"

„Ich bin Dein Mann. Ich sollte immer wissen, was Du denkst! Seit wann hörst Du so laut Musik? Was ist es?", fragte Angelos.

„Play me like a violin." Es war ihr Lied.

„Quäle Dich nicht selber, Paul. Ich muss los. Ich versuche mich zu melden. Ich liebe Dich!"

3

Er war gerade 30 Minuten in seinem Zimmer,
als es an der Tür klopfte. Das vereinbarte
Klopfzeichen. Dennoch legte Angelos den
Sicherheitsbügel vor. Waffe hatte er ja noch
keine.

Er hatte die Türe kaum geöffnet, da wurde sie
von außen eingetreten. Für die zwei Muskel-
pakete offensichtlich eine ihrer leichtesten
Übungen.

Angelos war der obere Teil der Türe gegen
den Kopf geknallt und er war noch
benommen, als er einen weiteren Schlag
erhielt. Wie durch einen Nebel hörte er noch
auf Arabisch „Willkommen in Beirut, Leopard!"
Und dann ein höhnisches Lachen.

Es war 12.19 Uhr.

4

Zuhause in Kalafati saß Paul auf dem Balkon.
Natürlich allein. Angelos´ Abwesenheit
bescherte ihm – neben den seelischen
Schmerzen – auch körperlich Pein. Er war wohl
so abhängig von seiner Droge Angelos, dass
der kalte Entzug dem eines Junkies glich.

Schweißausbrüche, Herzrasen, Übergeben –
das volle Programm.

„Wie kann das sein?", dachte Paul zwischen
zwei Kotzgängen. Das Riechen an Angelos´
Wäsche half kurzzeitig, andererseits erinnerte
der Geruch Paul daran, was er gerade nicht
hatte. Aber das war nur der Punkt
Abwesenheit.

Beim Thema „Einsatz" brachen dann meist
alle Dämme.

Wie geht es ihm? Ist er in Gefahr? Wird er
verletzt oder gar getötet?

Er verfluchte Angelos Beruf, wusste aber, dass
dieser niemals seinen Job wechseln würde.
Was sollte man als ehemaliger Geheimdienst-
mann denn tun? Eine eigene Sicherheits-

firma? Wo das geeignete Personal finden? Und Security ist nicht per se sicherer.

Es musste eine Tätigkeit sein, bei der Angelos seine Fähigkeiten einsetzen konnte. Naheliegend wäre auf Mykonos die Eröffnung der 433. Aber als Barkeeper braucht man weder Arabisch, noch Präzisionsgewehre.

Auch wenn man sicher täglich manche Gäste hinausschießen wollte. Paul hatte die Option Bar allerdings schnell verworfen. Seine Eifersucht würde zur sofortigen Schließung führen. Trotz seines Versprechens, an sich zu arbeiten, könnte Paul noch immer jeden, der seinem Angelos zu nahe kam, auf die Bretter schicken. Aber in letzter Zeit hatte er den Eindruck, dass sich Angelos insgeheim darüber freute. Auch wenn sie manchmal nervt: In Maßen ist Eifersucht doch ein Zeichen von Liebe.

Plötzlich wurde ihm übel. Nicht nur vom Magen her, sondern auch vom Kopf. Sein Gehirn schien zu krampfen und ihm wurde schwindlig.

Es war 12.19 Uhr. Und er WUSSTE, es war etwas passiert.

5

Paul hatte schlecht geschlafen, weil alleine.
Er war nicht mehr daran gewöhnt.
Dabei kannte er jahrelang nichts anderes und
hatte auch jede Hoffnung verloren, dass es je
anders kommen würde.
Dann kam er. Und alles änderte sich.
Und ausschließlich zum Guten.
Die zwei großen Krisen waren nicht Angelos´
Schuld. Es waren Versuche von außen, die
beiden zu trennen.
Erfolglos.
Paul war sich zwischenzeitlich sicher, dass es
so war, wie Angelos Mutter sagte. Er braucht
mich, genauso wie ich ihn brauche.
Seitdem dies klar war, wurden Pauls Verlust-
ängste kleiner. Und die Eifersucht.
Angelos registrierte es und honorierte es. Nicht
durch Duschen, nein, nicht nur. Er war ohne
Ausnahme immer rücksichts- und gefühlvoll.
Wäre nur nicht sein dämlicher Job.
Mit DER Angst kam Paul nicht zurecht und
würde er auch nicht. Nie.
Beirut. Der letzte Ort, wo man sich aufhalten
sollte. Gut, Kabul, Bengasi oder Gaza wären
auch nicht besser.
Es klingelte an der Tür. Gänsehaut. Ahnung.

Es war Nikos, der sofort loslegte.

„Beruhige Dich. Ihm ist nichts passiert."

Und leise fügte er hinzu: „Zumindest noch nicht!"

„*Was* ist passiert?", fragte Paul und ließ die Schultern hängen.

„Er ist aus dem Hotel verschwunden. Kein Kontakt. Ich befürchte, er wurde entführt!"

„Bravo. ‚Wir passen auf ihn auf. Die Israelis können das' Das waren DEINE Sprüche", brüllte Paul.

„Man wird ihn foltern, dann das Gesicht abziehen…"

Er brach in Tränen aus.

Wie durch einen Nebel hörte er Nikos´ Stimme.

„Alle suchen nach ihm. Israelis, Amerikaner, Deutsche …"

„Ich kann ihn da nicht alleine lassen!", sagte Paul. Nikos blickte ihn entgeistert an.

„Bist Du verrückt? Was könntest Du erreichen, glaubst Du? Als Rambo ins Hisbollah-Hauptquartier gehen und sagen ‚Hallo, ich bin der Polizeipräsident von Mykonos und Ihr seid alle verhaftet?'"

„Nein. Aber er soll spüren, dass ich da bin."

„Seit wann glaubst Du an Telepathie oder Esoterikkram? Der Pandis von früher …"

Weiter kam Nikos nicht.

„Den gibt es nicht mehr", sagte Paul.

Nikos rastete fast aus.

„Du bringst ihn in noch größere Gefahr. DU!
Du sprichst kein Wort Arabisch, wahrschein-
lich auch kein Französisch, es ist absurd!"
Aber Pauls Entscheidung stand fest.

„Ich kann ihn dort nicht alleine lassen.
Ich liebe ihn. Und ich fahre nach Beirut. Oder
nach Timbuktu. Wo immer ich ihn finden kann.
Und Du vergisst, dass ich zwei Mann mit
Schüssen ins Auge erledigt habe. Ich bin nicht
der Trottel, für den Du mich hältst!"
Nikos resignierte.

Wie sollte er den Israelis erklären, dass ein
liebestoller Grieche im Anmarsch wäre?
Noch ein rosa Leopard.

6

Die Zentrale des israelischen Geheimdienstes liegt nicht am King Saul Boulevard, wie die Leser diverser Thriller meinen. Sie liegt in einem unscheinbaren Betonklotz am nördlichen Stadtrand von Tel Aviv.
Nikos gehörte zu den wenigen in Europa, die den Chef, Titel Generaldirektor, persönlich kannten.
„Und Ariel? Ich hoffe, Du hast gute Nachrichten."
„Leider nicht, Nikos."
„Herrgott. Ihr seid doch im Libanon mit Hunderten von Leuten vertreten. Wenn ich euch einen Mann ausleihe, erwarte ich, dass ich ihn wieder zurückbekomme!"
Griechen, dachte Ariel.
Wir vermissen laufend Leute, von denen wir die meisten lebend finden. Es dauert halt. Und muss dann gut vorbereitet werden.
Das Seltsame in diesem Fall: keiner weiß was. Das beunruhigte ihn, konnte er aber Nikos nicht sagen.
„Es ist mein bester Mann, Ariel!"
Ariel sagte nichts.
„Aber es kommt noch dicker. Sein Ehemann kommt nach Beirut, um ihn zu suchen."

„Das ist jetzt ein Witz!"

„Nein, ich befürchte nicht."

„Agent?"

„Äh, nein, Polizeikommissar. Aber ein guter!"

„Ein griechischer Polizist, der es in Beirut mit der Hisbollah aufnehmen will. Und das als Schwuler. Hat ihn vielleicht jemand darauf hingewiesen, dass im Islam …"

Nikos unterbrach ihn.

„Glaubst Du, ich wüsste das nicht?"

„Mir gehen langsam die Codenamen aus. Wie wäre es mit ‚Liebestollem Kommissar'?"

Nikos wurde zornig.

„Beide sind meine Freunde. Also bitte etwas Respekt! Und tut endlich was!"

Nikos legte auf.

Gott schütze die zwei rosa Leoparden.

Vielleicht schaffen sie es doch eher zusammen.

Eine Frage quält ihn zusätzlich.

Zunächst war von Libyern die Rede, dann führte die Spur nach Beirut.

Was war, wenn sie sich getäuscht hatten oder in die Irre geführt wurden?

7

Angelos erlangte langsam sein Bewusstsein zurück. Schnell war ihm klar, dass er in einer Holzkiste lag. Damit konnte er umgehen, obwohl in alle Richtungen gerade zehn Zentimeter Spiel vorhanden waren. Darauf war er trainiert.

In der Ausbildung wurde er in einen Sarg gesperrt und sogar richtig eingebuddelt. Eine grenzwertige Erfahrung, die die Agenten an die Grenzen vor allem der Psyche führen sollte. Und sie tat es. Jeder hatte Erstickungsanfälle. Angelos erinnerte sich daran, dass das Schlimmste die Muskelkrämpfe war. Und auch das Gefährlichste. Denn starre Muskeln vergiften den gesunden Körper. Seit den Bomben-nächten des Zweiten Weltkriegs weiß man das. Scheinbar Unverletzte, die lediglich längere Zeit verschüttet waren, starben urplötzlich im Krankenhaus. Die Mediziner in London waren ratlos. Bis man herausfand, dass die Muskeln den eigenen Körper vergiften. Heutzutage bekommt jeder Verschüttete sofort Muskelrelaxans und Marcumar, also Blutverdünner (sofern er keine offenen Wunden hat).

Angelos musste also ständig Muskel anspannen, um diesen Effekt zu vermeiden. Dennoch war er erleichtert, als man ihn ausgrub. Doch damals wusste er, dass er rauskommen würde. Dieses Mal quälten ihn aber zwei Fragen:

Wie lange sperrt man mich ein?

Wird man mich lebendig eingraben oder im Meer versenken?

Und Angelos begann zu schreien.

8

Der Wagen hielt an, nach etwa 30 Minuten
Fahrt. Sein „Gefängnis" wurde ausgeladen
und getragen. Im Inneren schlug Angelos bei
jeder Bewegung gegen die Wände seines
Quasi-Sarges.
Er zählte etwa zwei Minuten Tragezeit.
Dann wurde die Kiste abgestellt. Unsanft.
Kurz darauf bemerkte Angelos, dass die Kiste
schwankte und ihm wurde noch schlechter.
Er war auf einem Schiff, was bedeutete, er
wird sich sicher immer weiter von seinem
letzten Aufenthaltsort entfernen. Bei einer
normalen Entführung hätte man ihn innerhalb
Beiruts oder in den Bergen versteckt.
Nun würde man ihn suchen an einem Ort, an
dem er sich nicht mehr befand. Und mit
einem Schiff konnte man überall hin. Der
zweite Punkt: ein Schiff ist quälend langsam.
Wenn man ihn weiter wegbrächte, würde er
tagelang in dieser Kist sein. Ohne Wasser,
ohne Nahrung.
Er dachte an Paul. Er würde seinen Tod nicht
verwinden können. Und das war keine
Arroganz von Seiten Angelos´. Es war objektiv
so. Beim ersten Krach und vermeintlichen
Auseinandergehen hatte er sich die

Pulsadern aufgeschnitten und war von Merlina gerettet worden. Aber auch Angelos hätte ohne Paul nicht leben können. Erst seit ihm hatte er den Halt im Leben, den jeder braucht.

Aber diese Frage stellt sich nicht, denn er, Angelos, würde in dieser Kiste sterben.

Längere Zeiten in einer Entführungskiste führen noch zu einem weiteren, gefährlichen Problem: man entleert sich. Kot und Urin bahnen sich ihren Weg. Wäre es nur der Gestank oder der Ekel, käme man damit zurecht. Da es aber immer nur wenige Luftlöcher gibt, kann der Gestank nicht abziehen. Und das Ammoniak auch nicht, an dem man letztendlich stirbt.

Aber das erzwungene Entleeren gehört zum Demoralisierungkonzept. Und es funktionierte. Angelos merkte, wie ihm langsam die Sinne schwanden. Das war es dann.

Ein Jahr glücklich von 28. Nicht gerade berauschend.

9

Dann knallte das Boot gegen ein Hindernis. Angelos schöpfte Hoffnung. Sicher keine Befreiung – niemand wusste, wo er war. Aber vielleicht war es ein Hafen und man würde ihn in ein normales Verlies bringen.

Er hörte lautes Geschrei und Lärm. Es war ein Hafen. Aber wo?

Er hatte nicht ansatzweise eine Ahnung, wie lange sie unterwegs waren.

Dann wurde die Kiste angehoben und von Bord getragen. Sie wurde in einen Laster oder Minivan geschoben. Das konnte Angelos am Geräusch erkennen.

Dann ging die Fahrt schon los.

Geschätzt zehn Minuten, also in der Nähe des Hafens.

Man fuhr in ein Gebäude, das Motorengeräusch hallte. Dann hörte Angelos wie die Türe geöffnet und die Kiste entladen wurde. Kurz darauf knallte er auf den Boden und der Deckel ging auf.

„Was für einen Gestank dieses Schwein produziert hat!" Man zog ihn unsanft aus der Kiste und schleppte ihn die Treppen hinunter in einen Keller.

Seine eigenen Beine gehorchten ihm nicht mehr.

Aber die Herren sprachen Arabisch. Sie hatten also keine Ahnung, dass Angelos Arabisch sprach. Welcher Grieche tat das schon? Was ihn aber irritierte, war der andere Dialekt. Das Arabisch war deutlich kehliger, hieß: er war in Ägypten oder in Libyen. Wahrscheinlich letzteres, denn die ersten Hinweise deuteten ja hierher. Die Beirut-Verbindung war falsch – oder eine Falle. Gut, immerhin.

Einer der Entführer sagte dann zu einem anderen, er solle das Auto säubern und in die Inhemed-Al-Megharif-Straße zurückbringen. Und Angelos hätte jubeln können.

Er wusste, dass dies die Haupteinfallsstraße nach Bengasi in Libyen war. Der Flughafen lag dort, deswegen tauchte sie immer wieder in Berichten auf über die Kämpfe. Und er war ja bereits in Bengasi gewesen – allerdings in einer Latrine versteckt und der Geruch war ähnlich. Rausgeholt hatten ihn die Ameri-kaner und über den Flughafen mit einer Militärmaschine ausgeflogen. Al-Megharif. Er war in Bengasi zwischen Hafen und Flughafen, zehn Minuten von den Kais entfernt.

Nur: was hilft ihm diese Information, wenn er sie nicht weitergeben konnte?

10

„Sie treffen sich mit Dir in diesem Café."
Nikos gab Paul einen Zettel.
„Und hier sind die Tickets und die
Hotelreservierung. Für fünf Tage, Paul! Hast Du
verstanden? Wenn Du in der Zeit nichts
herausgefunden hast, kommst Du zurück. Und
dass kein Zweifel aufkommt: notfalls setzen
Dich die Israelis mit Gewalt in die Maschine!"
„Es scheint Dich nicht zu treffen, dass …"
„Unterstehe Dich weiterzusprechen. Angelos
ist wie ein Sohn für mich. Aber wenigstens
einer muss einen klaren Kopf behalten. Nicht
jeder kann auf eine dämliche Rambo-Mission
gehen. Du kannst dabei draufgehen. Beirut ist
nicht Mykonos, Herrgott. Die häuten Dich!"
Paul schaute fast teilnahmslos.
„Wenn Angelos tot ist, tun sie mir damit einen
Gefallen."
Das wusste Nikos. Gott schütze beide. Dort
drüben wohl eher Allah.
„Aber die Israelis sind nicht begeistert von
Deinem Einsatz."
„Interessiert mich nicht. Codename?
Wahrscheinlich ‚Rosa Leopard 2' oder?"
„Nein. Grandpa Fury"
„Arschlöcher!"

11

Seilbahn! Seilbahn Seilbahn!
Ist man in einer ausweglosen Situation, so sind
Gedanken an glückliche Zeiten ein zwei-
schneidiges Schwert.
Sie können einem Kraft geben, die Schwierig-
keiten zu überwinden, weil man hofft, diese
besseren Zeiten noch einmal zu erleben.
Sie können einem die letzte Kraft rauben,
wenn man gewahr wird, dass diese Zeiten nie
mehr kommen.
Er musste sich ausziehen. Durch Schweiß, Kot
und Urin war die Kleidung wie mit der Haut
verwachsen. Als es zu lange dauerte, warfen
sie ihn zu Boden und schnitten alles mit dem
Messer auf.
Sie schnitten ihm mehrmals in die Haut dabei.
„Du stinkst, Du Bastard!"
Das tat er.
Als Angelos aufstand – unter großen
Schmerzen in den Beinen – sah er an sich
herunter. Es war demütigend und ekelhaft.
Und dazu kam die Angst, die man nicht
wegtrainieren kann. Man kann im Einzelfall
Techniken anwenden, aber die Grundangst
war nicht zu bändigen.
Er dachte an Paul. Was er wohl gerade tat?

Wusste er schon, dass ich verschleppt wurde?
Ich hoffe es einerseits, weil ich mich dann
nicht so alleine fühlen würde. Andererseits
würde die Nachricht für Paul die schlimmste
Nachricht aller Zeiten werden.

Erst jetzt sah er, dass eine Wand des Raumes
komplett aus einem Gitter bestand. Davor sah
er eine Bank wie aus einer Turnhalle.
Er wusste, was kam.
Man schleppte ihn zu der Bank, stellte ihn
darauf. Eine Handschelle links ans Gitter, die
andere rechts.
Die Arme gestreckt, so weit wie nur möglich.
Dann trugen sie die Bank weg. Er hing an den
Handschellen, seine Füße zwanzig Zentimeter
über dem Boden.
Der Schmerz in den Schultergelenken war
höllisch. Die Arme würden aus dem Gelenk
springen. Es war ihm beim Sport bereits einmal
passiert.
Unbeschreibliche Schmerzen. Und genau das
war der Zweck der Veranstaltung.
Aber es kam viel schlimmer:
Einer der Männer kam mit einem Hoch-
druckschlauch. Das Wasser traf Angelos wie
ein Donnerschlag. Eiskalt. Aber wenigstens
würde er dadurch sauber. Keine zwei
Sekunden später hörte man ohrenbe-
täubendes Geschrei. Der Folterknecht zielte

mit dem Wasserstrahl genau auf die Weichteile. So sehr Angelos sich auch bemühte, die Beine vor die Hoden zu schieben, es half nichts. Der Mann brauchte nur aus einem anderen Winkel zu zielen und schon traf er wieder ins Schwarze.

Und Angelos schoss ein seltsamer Gedanke durch den Kopf.

Würde mich mein Paul auch ohne Hoden zurücknehmen?

Ja, er würde.

Seilbahn. Seilb …

Dann fiel Angelos in Ohnmacht.

12

Paul hatte sich vorgenommen, den Entführungsfall „Mein eigener Mann" so anzugehen, als wäre er in Mykonos passiert. Ermittlungstechniken sind alle gleich, unabhängig vom Tatort. Standardprozeduren. Die jeweiligen Orte können eine Ermittlung erschweren oder erleichtern. Hier waren die Umstände unbeschreiblich schlecht. Die Tatsache, dass der Kommissar natürlich kein Arabisch sprach und nur leidlich Französisch ist im Libanon kein glücklicher Umstand. Dann müssten die Israelis sein Sprachrohr sein. Zusätzliches Pech: Paul ging unter keinen Umständen als Araber, Libanese oder Israeli durch. Die blauen Augen verrieten ihn.

Als erstes bezog er ein Zimmer im Sofitel und zwar – nach einer herzzerreißenden Geschichte über Flitterwochen – dasselbe Zimmer wie Angelos. Paul glaubte, dass es ihm helfen würde. Wie, das wusste er nicht. Besonders eifrig war die libanesische Polizei nicht gewesen. Ihr Grad an Ermittlungs-bereitschaft wurde ferngesteuert. Und in diesem Fall hieß es wohl „Wegsehen!".

Man rechnete aber nicht mit der Möglichkeit, dass es eine zweite Spusi geben würde, die stundenlang das Zimmer absuchte.

Bis sich der Erfolg einstellte. Ein winziger Blutfleck auf dem Teppich und am Türrahmen. Und ein paar Haare auf einer Zeitschrift. Beides könnte natürlich von einem Gast stammen, der das Zimmer nach der Entführung bewohnt hatte.

Nein, erfuhr er vom Concierge: das Zimmer war seitdem nicht vermietet worden.

Sonst aber habe niemand irgendetwas gesehen. Wer's glaubt.

Er inspizierte Ein- und Ausgänge und die Zufahrtswege. Unter einem Vorwand „verirrte" er sich in den Küchen- und Lagerraum.

Als er sich hinter dem Hotel umsah, lächelte er. Zum ersten Mal seit der schrecklichen Nachricht.

Wenn ihr ihm irgendetwas antut, töte ich euch, und zwar langsam.

Kein legitimer Gedanke für einen Kommissar, aber er war ja „Fury Grandpa", der wütende Opa.

13

In Bengasi fragten die Benutzer der Folter-Immobilie ihr Opfer immer wieder auf Englisch:
„Wer hat uns verraten?" und wichtiger:
„Wohin hat man die Verräter gebracht?"
Garniert wurden die Fragen mit Schlägen ins Gesicht und auf Ellenbogen.
Dabei wusste Angelos überhaupt nicht, wohin man die Leute versteckt hielt. Genau aus diesem Grund hatte man es nicht gemacht. Wer nichts weiß, kann nichts verraten.
Schlecht für den Gefolterten. Er hat nicht einmal die Wahl, durch Preisgabe von Informationen seinen Schmerzen ein Ende zu setzen. Aber in dem Moment, indem man die Information preisgibt, hat man keinen Wert mehr. Ende.
Sie waren auf Rache aus. Sie wussten, dass Angelos entscheidend beteiligt war an der Aufdeckung und Verhaftung ihrer Komplizen. Und sie wollten augenscheinlich alle aus dem Weg räumen, bevor sie den Vertrieb neu aufbauen. Zimperlich waren sie von vorneherein nicht. Die CD mit dem Abziehen der Gesichtshaut oder das vergewaltigte

Mädchen hatte sich bei allen Betrachtern
unauslöschlich ins Gedächtnis gebrannt.
Auf Mykonos und an einem weiteren, aber
geheimen Ort, hatten viele Menschen Angst.
Und zwar sehr berechtigt.
Schläge, Schläge.
Auch im Keller in Bengasi wurde die Angst
greifbarer.
Lange würde Angelos nicht mehr durch-
halten. Paul! Hilf mir!
Es gab eine kleine Verschnaufpause, denn
auf Folterer müssen ab und zu essen. Nicht
das Opfer natürlich.
Das lag auf dem eiskalten Betonboden in
dem Folterkeller.

Er sah an sich herunter und konnte erkennen,
dass sein Hodensack auf die fünffache Größe
angewachsen war. Und rundum dunkelblau.
Da war sicher nichts zu retten. Noch
schlimmer als der Anblick waren die
Schmerzen. Sie ließen einfach nicht nach.

Er würde nur noch ein halber Mann sein.
Er würde nur noch ein halber Ehemann sein.

Erneut kam ihm die Frage, wie Paul reagieren
würde.
Und da fiel es ihm ein: er würde trocken und
lapidar sagen: „Gott sei Dank sind Deine

Achseln unversehrt. *Das* wäre schwierig geworden."

Ja, das würde Paul sagen.

Die blutende Gestalt am Boden begann leise zu lachen und spie Blut.

Wenige Minuten später geschah etwas, was man Glück nennt. Oder die Dummheit von Kriminellen, wie immer man es sehen mag.

14

Noch immer gingen die Entführer davon aus, dass Angelos kein Wort ihrer Sprache verstand. Das machte sie nachlässig und unvorsichtig.

Einer Männer schrie, er müsse auf die Toilette, der andere solle ihn solange ablösen.

„Ich bin gerade beim Essen. Geh ruhig. Den kannst Du alleine lassen. Er stirbt ohnehin bald!"

Der Bewacher zögerte kurz und ging.

Und vergaß sein Handy auf dem Tisch. Es lag genau an der Kante und so konnte es Angelos sehen.

Aber wie sollte er dort hinkommen? Er war zu schwach.

Gleichwohl könnte es die letzte Chance sein. Und viel Zeit hatte Angelos nicht. Er hoffte inständig, dass der Mann nicht nur pinkeln musste.

Er hatte das Tischbein erreicht. Aber wie sollte er sich mit seinen Armen hochziehen? Seine Schultern schmerzten höllisch. Jeder Laut hingegen würde die Bewacher herbeirufen.

Er biss die Zähne zusammen und zog sich am Tisch hoch. Hoffentlich fiele das Handy nicht herunter. Angelos´ Motorik war komplett aus dem Ruder.

Aber er schaffte es.

Jetzt bitte. Gott, schenke mir eine Minute. Anrufen ging nicht, jedes Geräusch hätte das Ende bedeutet. SMS. Ja, aber was passiert, wenn die Einstellung ‚mit Sendebericht' lautet? Es würde piepsen. Zu laut in einem großen Raum, in dem nichts als Folter-untensilien standen.

Risk. Und dankte posthum seinem Ara-bischlehrer, sonst hätte ihm das Gerät nichts geholfen.

In seinem Kopf war nur Pauls Nummer. Er schrieb nur „Bengasi RL" und weg damit.

Ihm war nach Jubel. Aber es wäre sein letzter, wenn er das Handy nicht wieder zurücklegen könnte. Er hörte eine Toilettenspülung. Beeilung.

Mit wirklich letzter Kraft zog er seinen malträtierten Körper das Tischbein hoch und versuchte, das Handy wieder an derselben Stelle zu positionieren.

Angelos ließ sich langsam zu Boden und lag heftig atmend da. Zum ersten Mal schöpfte er berechtigte Hoffnung, auch wenn er nicht wusste, ob die Information viel half. Und dann würde es dauern. Aber Paul würde wissen, was zu tun war. Wenn es einer vermochte ihn zu retten, dann war er es.

Und Angelos wusste, Paul würde alle
Hindernisse aus dem Weg sprengen.
Die Sekunden verrannen – kein Sendebricht
bisher.
Der Mann kam zurück von der Toilette.
Hoffentlich würde er die versendete SMS nicht
bemerken oder dass sein Handy etwas anders
dalag, als er es hingelegt hatte.
Aber Angelos spielte den Ohnmächtigen.
Dann sagte der Mann:
„Jetzt bin aber ich dran mit Essen!"

15

Einen Tag vorher traf sich Paul in Beirut mit den zwei Israelis, Uri und Gabriel, in einem Café in der Nähe des Sofitels.

Meine Herren, einiges vorweg: ich bin kein liebestoller Trottel, der seinen Callboy zurückwill. Ich will meinen Mann zurück, der nebenbei für euer Land im Einsatz war. Ich bin seit 25 Jahren Kommissar und habe 12 Mord- und 4 Entführungsfälle gelöst. Ich bin also kein Dilettant. Ja, ich kenne Beirut und die örtlichen Verhältnisse nicht. Hierzu brauche ich eure Hilfe. Und noch eines: ihr seid zweifellos nicht unattraktiv, aber ich werde euch nicht anbaggern."

Der letzte Satz brach das Eis und die zwei Israelis lachten.

Uri sagte: „Ich glaube nicht, dass meine Frau wegen mir einen solchen Aufstand bauen würde. Ich habe nicht gelacht, als man es uns erzählt hat. Ich finde es …"

„Sag jetzt bloß nicht ‚süß'. Und bitte nennt mich niemals bei meinem Codenamen", ergänzte Paul.

Wieder lachten die zwei. Er würde mit ihnen gut klarkommen. Die halbe Miete.

„Besonders gründlich war die Polizei nicht."

Er zog die kleinen Tuben mit den Blutresten und den Haaren und gab sie Gabriel.

„Mir ist eines aufgefallen. Die Entführer konnten im Hotel ja keine Masken tragen, müssten also auf den Kameras zu sehen sein. Seltsamerweise sind aber die Kameras zwei Tage vor der Entführung alle ausgefallen!"

Uri lachte.

„Daran ist nichts seltsam. Das komplette Personal ist schiitisch."

Diese verfluchten Religionen. Als würde sich in Europa ein Kardinal in einen Mordfall einmischen oder gar organisieren. Es mag ja im Vatikan manch Unsauberes laufen, aber das hier war von anderer Qualität.

„Nichtsdestotrotz kann es unmaskiert nur einen Fluchtweg gegeben haben. Über die Küche in den Hof."

Die beiden Israelis stimmten ihm zu.

„Seht ihr den Handyladen dort drüben? Ich war vorhin drin. Dort sind Kameras. Klar, die Handys und Karten haben einen beträchtlichen Wert!"

„Ja. Sie dienen der Überwachung des eigenen Personals", meinte Gabriel lachend.

Paul dachte immer, solche Kameras seien zur Vermeidung von Diebstahl durch Kunden. Andere Länder, andere Sitten.

„Auch gut. Eine der Kameras zeigt auf die Hofausfahrt. Wenn die Aufnahmen nicht auch vernichtet wurden, muss das Auto zu sehen sein. Und im Hof hatten die garantiert keine Masken auf."

Uri nickte anerkennend.

„Wie kommen wir an die Aufnahmen? Polizei? Oder brauchen wir einen Richter?",

fragte Paul

Uri und Gabriel lachten beide.

„Ich würde sage, Du gehst hinein, legst 100 Euro auf den Tisch, dann darfst Du Dir die Bilder ansehen. Für weitere 100 brennen sie Dir vielleicht sogar eine CD", sagte Uri.

Paul machte wohl ein sehr betretenes Gesicht. So etwas funktioniert nicht mal in Griechenland.

„Ich gehe rüber und probiere es einfach", sagte Gabriel.

Währenddessen unterhielten sich Paul und Uri über die weiteren wichtigen Fragen:

Wohin könnten sie Angelos verschleppt haben?

Und wie könnte man ihn dort befreien?

Die Befreiung wäre das kleinere Problem.

Die Frage war, ob Angelos solange durchhielt oder ob er überhaupt noch am Leben war.

Das war für Paul zu viel. Er begann zu weinen. Er hielt sich die Hände vors Gesicht, damit sie in dem Café nicht zu sehr auffielen.

„Das war dumm von mir. Entschuldige, Paul. Für mich ist es ein normaler Fall, aber nicht für Dich", sagte Uri.

„Nein. Er entscheidet über mein weiteres Leben."

Kurz danach kam Gabriel zurück, mit einem Gesichtsausdruck, der nichts verriet.

„Ich habe sie. Und schon beim Ansehen habe ich einen der Entführer erkannt. Es ist Ali Salawi."

„Mist", sagte Uri.

„Wieso?"

„Weil es dann nichts mit der Hisbollah oder Schiiten zu tun hat. Salawi ist ein Auftragskrimineller. Und er arbeitet für denjenigen, der am meisten zahlt. Meist aber sind Libyer seine Auftraggeber."

Paul wurde schlecht. Sie alle waren mutmaßlich am völlig falschen Ort.

„Wo finde ich diesen Salawi?"

„Er besitzt auch einen Handyladen, vier Blocks weiter."

„Besteht irgendein Interesse eurerseits, dass dieser Mann am Leben bleibt? Zum Ausquetschen zum Beispiel?"

Uri und Gabriel sahen sich an.

„Paul, das hier ist nicht Athen. Hier ist jeder bewaffnet, hat Leibwächter."

Paul lächelte nur.

„Bist Du wenigstens ein guter Schütze?"
Ja, nun, äh. Zwei Mann hatte er mal direkt ins Auge getroffen. Es gab aber auch Gelegenheiten, in denen er meterweit danebenlag.
„Ich denke schon. Ich will ihn ja zunächst nur befragen."
„Wir können nicht mit. Aber wir können Dir auf der Straße Rückendeckung geben!"
„Danke. Mehr brauche ich nicht."

16

Das Handygeschäft von Salawi befand sich in der Armenia-Straße
Die Straße war um 22 Uhr belebter als der Piccadilly in London. Es war Ramadan. Während der Fastenzeit leben arabische Städte erst nach Sonnenuntergang auf. Erst dann darf man Speisen und Getränke zu sich nehmen. Ob sich Kriminelle wohl daran halten? war Pauls Gedanke.
Er und die zwei Israelis standen zwei Blocks weiter und wussten, dass sie bei diesem Getümmel nichts würden machen können. Warten – aber andererseits nicht zu lange, denn dann würde Salawi den Laden schließen.
Gegen 23 Uhr verließ der letzte Kunde den Handyshop. Uri und Gabriel schlenderten in zehn Meter Entfernung auf dem Gehsteig herum.
Paul betrat den Laden.
„Wir haben geschlossen", blaffte Salawi.
Außer ihm war niemand da. Sehr gut.
Paul zog die Pistole und sagte:
„Wohin habt ihr ihn gebracht? Den aus dem Sofitel?"

Große Angst zeigte Salawi nicht.

„Hören Sie. Sie wissen nicht, worauf Sie sich einlassen. Wenn Sie Beirut lebend verlassen wollen, sollten Sie ganz schnell gehen."

Englisch mit starkem arabischen Akzent.

„Wo ist er?", fragte Paul noch einmal.

Das „Fuck you" war auch mit Akzent klar zu verstehen.

„Falsche Antwort!"

Paul hob die Pistole und schoss Salawi ins rechte Auge. Ohne jedes Zögern oder Bedauern.

Die Augenschüsse wurden langsam sein Markenzeichen.

17

Ein Greenhorn, wie alle erwartet haben, ist
dieser Grieche nicht. Er hat diesen Typen, um
den es weiß Gott nicht schade ist, kaltblütig
hingerichtet, dachte Uri. Für einen Kommissar
ungewöhnlich oder aber erschreckend.
Für seinen Ehemann geht er offensichtlich
über Leichen.
Aber das imponierte ihm wieder. Das muss
Liebe sein – oder Wahnsinn. Zwei Worte für
den gleichen Zustand.
Sie saßen in einem anderen Café.
„Es hat keinen Falschen getroffen!", sagte
Gabriel. „Und das war eine glatte Aktion,
ohne Fehler,"
„Ein Fehler kann den Tod meines Mannes
bedeuten. Was hilft es mir, die Täter zu
bestrafen, wenn ich ihn nicht zurück-
bekomme?"
Die beiden schwiegen betreten.
„Wie machen wir jetzt weiter? Geredet hätte
Salawi sowieso nicht", meinte Paul, mehr, um
sich selbst zu beruhigen.
„Nein. Die Sorte hält sich an den Kodex. Den
Kodex der Angst vor unbeschreiblicher
Folter."
Dann folgte der Moment, den Paul nie
vergessen würde.

Es kam die SMS von Angelos. Zuerst war er verwirrt, denn es war ein Gekrakel, das er nicht entziffern konnte. Die Nummer kannte er auch nicht. Die Vorwahl half auch nichts, denn die Anrufe und Nachrichten laufen im kriminellen Milieu über andere Länder. Ein Anruf mit 49 kam garantiert nicht aus Deutschland.

Aufgeregt zeigte er Uri die SMS. Er zitterte. Uri nahm das Handy.

Es heißt „Bengasi RL." Es herrschte Stille. Paul war wie gelähmt.

Der Rosa Leopard lebte. Und er war in Bengasi.

Er sprang auf und lief nach rechts und wieder zurück. Was jetzt?

„Uri. Was können wir damit anfangen?"

„Viel. Das Handy direkt orten wahrscheinlich nicht, aber die abgehende Funkstation. Das kann aber ein großer Radius sein!"

„Wie groß?"

„In Libyen? Gut, Bengasi ist bestimmt komplett abgedeckt. Zehn Kilometer vielleicht! Paul, geh ins Hotel. Wir kümmern uns darum. Sobald wir etwas wissen, kommen wir. So schnell es geht!"

Paul nickte nur, denn ihm kamen die Tränen. Würden sie rechtzeitig kommen? Und in welchem Zustand war er?

Im Keller in Bengasi wurde die Zeit knapp. Da
er sich die ganzen Tage nicht waschen
konnte und man ihn auch nicht auf die
Toilette ließ, waren die hygienischen Verhältnisse vorsichtig beschrieben: mangelhaft.
Und daher breiteten sich – neben den
Verletzungen durch die Folter – auch
Infektionen aus. Die Hoden hatten sich
definitiv durch den austretenden Kot
entzündet. Die beginnende Blutvergiftung
war schon erkennbar. Es blieben ihm noch
vielleicht 36 Stunden.
Es würde nicht mehr reichen.
Die Entführer ließen ihn seit Stunden auf dem
verdreckten Boden liegen. Zumindest
folterten sie ihn nicht mehr.
Wahrscheinlich hatten sie erkannt, dass
Angelos ohnehin die nächsten Stunden
sterben würde.
Dennoch hatte er Angst vor einem: dass sie
ihn noch vergewaltigen würden, eine Spezia-
lität, die alle Folterknechte Nordafrikas
beherrschen.
Es wäre seine zweite. Aber sicher auch die
letzte.
Er dachte an Paul und verzweifelte fast bei
der Vorstellung, ihn nicht wiederzusehen.

Noch schlimmer war die Gewissheit, dass auch er sterben würde. Daran hatte Angelos nicht den Hauch eines Zweifels.

Paul war ihm, dem „kleinen Buben" aus einem kleinen Dorf aus Rhodos, restlos verfallen. Angelos lächelte. Hörig? Nein. Der Herr Kommissar hatte noch immer seine eigene Meinung, gehabt, müsste er jetzt wohl sagen. Nein, er, Angelos, war (fast) immer fair zu Paul und hatte dessen grenzwertig große Liebe nie ausgenutzt. Und er liebte Paul. Wie seine Mutter sagte, Angelos brauchte Paul eher mehr als umgekehrt.

Aber jetzt war ohnehin alles egal.

19

Paul saß in seinem Zimmer im Sofitel. Urplötzlich wurde ihm wieder übel und schwindlig. Weit davon entfernt, Esoteriker zu sein oder an den Heiligen Geist zu glauben, wusste er, es war ein Zeichen, dass es Angelos schlecht ging und nicht mehr viel Zeit bleibt. Halt durch, Großer.

Im nächsten Moment resignierte er. Die Zeit würde niemals ausreichen. Das Gebäude finden – in einer Großstadt von 600.000 Einwohnern, Radius zehn Kilometer. Und das in einem Land, das seit Jahren immer mehr im Bürgerkrieg versank. Drogenschmuggler, Schlepper ... Befreiung organisieren und durchführen. Es würde Tage dauern.

Das Handy brummte. Angelos? Nein, Uri.

„Wir sind in zehn Minuten bei Dir. Wir haben die Handypeilung. Allerdings nur den Funkbereich. Aber immerhin. Bis gleich."

Hoffnung machte sich breit. Nur eine Stunde zuvor hatte Paul geglaubt, sie wäre Illusion. Bis Uri und Gabriel kamen und ihm so viele gute Nachrichten überbrachten, dass er tatsächlich wieder an Rettung glaubte.
Die Funkzelle war zweifelsfrei identifiziert worden. Der Funkmast stand am Rand des Hafens.
Noch besser war die Information, dass ein Großteil des Radius von tatsächlich 8 Kilometern aus Freifläche bestand.
„Wir haben riesiges Glück. Der Mast steht im Hafenbereich und dort sind riesige Flächen für Container oder sonstige Lagerbereiche und Parkplätze.
Auf der Karte sieht man es sehr deutlich. Schau her", sagte Uri.
Natürlich zeigte Uri Paul keine gedruckte Karte, sondern wischte auf seinem Tablet herum. „
Nur die grün markierten Bereiche sind Gebäude. Unsere Leute vor Ort sortieren gerade, welche wegfallen. Sie werden ihn kaum in offiziellen Gebäuden der Hafenverwaltung festhalten oder in Häusern, die im Besitz westlicher Gesellschaften sind. Auch nicht in zwei Konsulaten, die in der Zone

liegen. Das wird sich gewaltig reduzieren. In ein paar Stunden wissen wir, welche Gebäude überhaupt infrage kommen. Dann hat der Chef mit eurem Nikos gesprochen. Dein Mann hat ja vor drei Jahren in Bengasi einen Einsatz für die Amerikaner durchgeführt. Ging um die Befreiung des US-Konsuls. Angelos musste sich zwei Tage in einer Latrine verstecken und wurde dann gerettet. Nikos und Ariel haben die Amerikaner überzeugt, von Incirlik eine Drohne zur Erkundung des Gebiets loszuschicken. Sie überfliegt das Gebiet etwa um 16.00 Uhr, also in drei Stunden. Wer eine Befreiung durchführt, wissen wir aber noch nicht. Ob die Amerikaner oder wir. Das wird noch geklärt. Wir müssen ohnehin auf das genaue Ziel warten. Es darf auch kein unkalkulierbares Risiko für das Rettungsteam sein. Zufrieden?"
Uri und Gabriel lächelten beide.
Paul kämpfte mit den Tränen.
„Das … ist … mehr als ich gehofft hatte. Ich werde euch ewig dankbar sein. Ich würde euch ja aus Dankbarkeit ein Küsschen auf die Backe geben, aber das wäre euch wohl nicht recht!"
„Jeder freut sich über ein Danke-Küsschen", sagte Uri.

Um 16.04 Uhr überflog die Drohne den Bereich, indem Angelos´ Gefängnis lag.

Die Bilder lagen in Tel Aviv um 16.06 Uhr vor. Auf einem großen Display erschien das Gelände.

Paul durfte – trotz Bittens – die Räume nicht betreten. Aus Gründen nationaler Sicherheit, wie es hieß.

Um 16.10 Uhr traf der Bericht der Agenten vor Ort ein. Gabriel kam immer wieder in den „Besucherraum", um Paul auf dem Laufenden zu halten.

„Dass eines klar ist: ich bin bei der Aktion dabei. Auf eigene Gefahr natürlich." Gabriel lächelte.

„Das habe ich denen schon gesagt. Alles andere hätte mich auch enttäuscht. Sonst wärst Du nicht ‚Grandpa Fury'."

„Ich hoffe, dass ihr die Aktion übernehmt." Paul hatte größeres Vertrauen in die Israelis. Die hatten schon mehrere spektakuläre Befreiungen erfolgreich durchgeführt.

„Die Entscheidung liegt beim Minister-präsidenten. Dem liegt die Anfrage schon vor. Bei uns sind die Wege kurz. Nicht wie bei den Amerikanern."

„Habe ich mich schon bedankt?", meinte Paul nicht ganz ernst.

„Öfters" sagte Gabriel lachend und ging wieder zurück.

Die Genehmigung des Regierungschefs kam um 16.30 Uhr. Als Ziel kamen nur zwei Gebäude infrage. Nicht ideal, wenn die Trefferquote nur 50% beträgt. Aber vor Ort ist alles unter Beobachtung. Das hilft uns bei der Auswahl. Personenverkehr, seltsame Gestalten. Es reicht, wenn wir die Informationen während des Fluges bekommen. Vorsorglich fliegen wir mit zwei Teams. Die Maschinen sind amerikanische Black Hawks. Nichts darf auf uns hindeuten, sonst gibt es Ärger in allen arabischen Staaten – das könnte uns egal sein, aber die Palästinenser werden Amok laufen. Du wirst in Kürze abgeholt zum Stützpunkt, Uri und ich kommen dann nach."

Gott gebe, dass Angelos noch lebt.

22

Vor Ort bemühten sich zwei israelische „Mitarbeiter" festzulegen, welches der beiden Gebäude das Ziel wäre. Die Gebäude lagen gut dreihundert Meter auseinander, konnten also nicht von einem Ort aus observiert werden. Es kam also auf die Entscheidung *eines* Mannes an.

Um 16.45 Uhr konnte der eine feststellen, dass zahlreiche Menschen, darunter zahlreiche Frauen, das Firmen- oder Lagerhaus verließen. Zu viele Menschen, als dass man es als Gefängnis- oder Folterraum verwenden könnte.

„Es ist Deines! Kein Zweifel", meldete er seinem Kollegen.

Wenige Minuten später rief der Chef des israelischen Geheimdienstes Nikos an.

„Es geht um 17.30 Uhr los. Flugzeit etwa zwei Stunden. Wir kommen also in die Dämmerung oder später. Aber das ist eher ein Vorteil, wenn man das Ziel genau kennt. Problematisch ist, dass wir keine Ahnung haben, mit wieviel Mann die Bande im Inneren vertreten ist oder wie schnell sie Unterstützung rufen können. Aber dank Ramadan sind die Straßen abends so verstopft, dass hier wenig Gefahr besteht. Und die umliegenden Straßen werden von den Hubschraubern gesichert. Jetzt muss Angelos nur noch am Leben sein."

„Uri, ich danke Dir für alles, egal, wie es ausgeht. Ihr habt wirklich alles getan. Mir ist allerdings klar, dass ihr eine Gegenleistung erwartet, irgendwann. Aber das ist ok."

„So ist unser Geschäft!", meinte Uri lachend.

„Ach ja. Bitte passt auch auf unseren wütenden Großvater auf. Zwei Leichen will ich nicht haben", antwortete Nikos.

„Ich glaube, der kann gut auf sich selber aufpassen. Der hat in Beirut eine eiskalte Exekution durchgeführt!"

„Lass mich raten: Schuss durchs rechte Auge?"

„Jup!"

„Sein Markenzeichen!"

23

Zu spät für alles, dachte Angelos.

Er lag noch immer in derselben Stellung auf dem Boden. Seine Muskeln gehorchten ihm nicht mehr.

Wenn er Glück hatte, würden sie kommen und ihn einfach erschießen. Aber diese Gnade würden sie ihm nicht gewähren. Sadisten bis zum Schluss.

Er hatte zwar gelernt, wie man in ausweglosen Situationen die eigene Zunge verschlucken kann, aber eine 100%ige Methode war das nicht.

Er dachte an seine Mutter. Er schrie nicht nach ihr. Diesen Gefallen würde er ihnen nicht tun.

Es war 21.04 Uhr – ohne dass es Angelos wusste.

Um 21.04 Uhr befanden sich die Hubschrauber über dem betreffenden Gebiet in Bengasi. Das Einsatzkommando seilte sich ab – auf das Dach und die Fläche vor und hinter dem Gebäude. Das waren die einzigen drei Zugangsmöglichkeiten.

Ein Teil der Männer sicherte die zwei Zufahrtsstraßen ab.

Dachluke und Türen sprengen.
Blendgranaten. Räume durchsuchen und sichern.
Im Keller hörte man den Tumult.
Einer der Entführer schrie: „Bring ihn um."
Doch der Mann versuchte stattdessen, durch eine andere Tür zu entkommen.
Überlebensinstinkt.
Aber es war zu spät.
Blendgranaten und Schüsse – das „Gefängnis" war keins mehr.
Es wurden alle Räume durchsucht mit der Meldung „gesichert". Dann rief einer der Einsatzkräfte:
„Hier ist er" und zehn Sekunden später „Er lebt!".
Paul rannte die Treppe hinunter und verstand nur das letzte Wort: lebt.
Es genügte ihm.

24

Dort lag er.

Paul drehte sich um und übergab sich.

Er war wie gelähmt.

Die Männer legten Angelos auf eine Bahre.
Sie stellten die Bahre auf den Tisch und ein
Arzt führte die Notversorgung durch.
Hoffentlich ist der wirklich Arzt, dachte Paul
seltsamerweise. Angelos bekam eine Infusion
und zwei Spritzen. Paul näherte sich dem
geschundenen Körper, küsste ihn auf die Stirn.
Er flüsterte Angelos ins Ohr: „Ich bin da. Alles
wird gut."

Ob er ihn gehört hatte, war fraglich. Er war
ohne Bewusstsein.

Und der Anblick war Pauls Schock des
Lebens. Kein Körperteil schien unverletzt. Im
Gesicht waren alle Gewebeteile maximal
geschwollen, die Augen geschlossen. Am
Ellenbogen hatte er einen offenen Bruch.
Und dann die Hoden. Der Hodensack hatte
die Größe einer Grapefruit. Er war dunkelblau
angelaufen und das umgebende Gewebe
schon schwarz. Eine Sepsis. Sichtbare
Schäden. Was an inneren Verletzungen noch
hinzukam – man weiß es nicht. Von den
seelischen Folgen ganz zu schweigen.

Hoffentlich haben sie ihn nicht auch noch vergewaltigt. Aber wichtig war nur eines: Angelos lebte. Und egal, was an Schäden bleiben würde – er würde sich um Angelos kümmern. Dafür ist man verheiratet. Basta.

Nach Angelos´ Abtransport sah er, dass einer der Entführer noch lebte.
Er rief mit lauter Stimme, die keinen Widerspruch zuließ: „Alle Wegsehen!"
Und er schoss dem Mann ins rechte Auge.

Rettungsteam und befreite Geisel machten eine Zwischenlandung in einem Camp - irgendwo in der libyschen Wüste, vermutete Paul, betrieben von den Amerikanern. Aber das alles war Paul egal. Angelos Zustand war stabil.

Die Blutwerte aber sprachen eine deutliche Sprache. Leukos 48.000, Blutsenkung 62, auch sonst waren alle Parameter bedenklich. Aber Angelos kämpfte.

Er musste zwei Telefonate führen. Das erste mit Nikos. Er meldete Vollzug und bedankte sich knapp für die Hilfe.

Dann folgte ein schweres Telefonat. Er musste Angelos´ Mutter anrufen.

„Hallo Merlina. Er ist frei!"

Es folgte ein lauter Schrei, sodass Paul das Satellitentelefon vom Ohr nehmen musste.

„Ich danke Dir, Paul. Für alles. Das werde ich Dir nie vergessen!"

„Langsam, Merlina. Er hat übelste Verletzungen!" Sie stöhnte auf. Paul schilderte kurz das, was er gesehen hat. Merlina heulte leise.

„Er kommt ins Militärkrankenhaus nach Beerscheba oder wie das heißt. Ich lasse Dir für morgen einen Flug nach Tel Aviv buchen.

Du wirst dann abgeholt. Ich kümmere mich darum. Schau einfach nach einem Schild mit Deinem Namen. Ich bleibe bei Angelos. Und, Merlina, dass eines klar ist: egal, was an Schäden bleibt, ich werde mich um ihn kümmern. Ich gebe Dir mein Wort!"
Erst hörte er nur leises Weinen, dann schien es so, als würde sie lachen.
„Entschuldige. Wer hätte je gedacht, dass ich einmal sagen würde: ich liebe meinen Schwieger*sohn*!"
Zum ersten Male seit Tagen musste Paul lachen.

Im Militärkrankenhaus von Beerscheba lag Angelos auf der Intensivstation. Paul betrachtete die absurde Szenerie. Ein Mensch, der nur noch aus Schläuchen, Verbänden und Gips zu bestehen schien. Merlina, die seit ihrer Ankunft durchgehend geweint hatte, schien sich langsam zu fangen.

Auch Uri befand sich in dem Zimmer, von dem aus man durch ein Fenster einen Blick in das Krankenzimmer werfen konnte.

Und dann war da eine Ärztin.

Deren Erklärungen waren zwiespältiger Natur. Heilen würde vieles, auch der offene Bruch sei in mittlerer Zukunft kein ernsthaftes Problem. Akut hoffte man, dass man die Sepsis in den Griff bekäme. Und die anderen Infektionen. Aber die Leukos seien gesunken, ein gutes Zeichen.

Bei der nächsten Erklärung brach Merlina wieder in Tränen aus.

„Aber einen Hoden mussten wir entfernen, beim anderen sind wir optimistisch. Er wird noch längere Zeit deswegen starke Schmerzen haben. Ich denke, mit Opioiden kann man das gut in den Griff bekommen."

„Wir müssen nur darauf achten, dass er nicht süchtig wird. Das wird dann Ihre Aufgabe sein", sagte die Ärztin zu Angelos Mutter.

„Nein. Das macht er. Er ist der Ehemann!"

Die Ärztin schaute kurzzeitig irritiert, bis sie begriff. Und die Nase rümpfte. Schwerer Fehler.

„Na ja, als Schwuler braucht man eigentlich keine Hoden. Ich meine …"

Zum ersten Mal in seinem Leben schlug Paul eine Frau. Frau Doktor verschob es die Zähne 11-13 in Richtung Gaumen.

„Sind Sie wahnsinnig? Ich rufe die Militärpolizei!", schrie sie.

„Die wird nicht kommen", sagte Uri lächelnd. „Sie haben diese Männer beleidigt. Es ist Ihre eigene Schuld." Und nach kurzer Pause sagte er: „Und seien Sie froh. Normalerweise schießt er Leuten wie Ihnen ins Auge. Schicken Sie uns den Oberarzt. Sie lassen ab sofort die Finger von dem Patienten."

27

Paul entfernte sich nur von Angelos´ Zimmer zur Verrichtung der Notdurft oder zum Kaffeeholen. Die verbleibenden 23 Stunden und 50 Minuten verbrachte er am Bettrand oder schlafend im Bett daneben. Am dritten Tag fiel ihm ein, dass sein Körpergeruch dem von Angelos im Gefängnis ähnelte. Seine Kleider befanden sich aber noch immer im Sofitel in Beirut. Er hatte es schlicht vergessen, dass er dort noch ein Zimmer in Beschlag hielt – und bezahlen musste.

Er bat Merlina Einkaufen zu gehen. Für ihn und für Angelos. Gebraucht wurden auf alle Fälle weite Shorts (schade, die Retro-Shorts sahen an ihm einfach zu gut aus. Und erst der Hintern!). Passé. Weite Jogging-Hosen würde das einzige sein, was Angelos die nächste Zeit tragen könnte. Weite T-Shirts wegen des Ellenbogens und der Schultern. Aber wie schützte man einen Hoden richtig, der noch dazu noch länger in Übergröße am Körper hing? Würde sich alles finden! Vor drei Tagen war nicht mal klar, ob er noch am Leben war. Er wollte sich also keineswegs beschweren. Paul überlegte sich, wie man wohl den Beteiligten am besten danken konnte. Es waren nicht wenige, die ihm geholfen haben.

Und zu Uri und Gabriel hatte er ein echtes, freundschaftliches Verhältnis entwickelt.

Ein Fest auf Mykonos wäre eine gute Idee. Immer wieder ging er zu dem bewusstlosen Angelos, streichelte ihn, sprach mit ihm. Vom anderen Zimmer aus beobachtete Merlina das Geschehen.

Wie konnte es so etwas geben? Eine so aufrichtige Liebe traf man selten. Und Angelos fühlte nicht anders, das wusste sie. Sie kannte doch ihren eigenen Sohn.

Mit Scham erinnerte sie sich daran, wie sie und ihr Mann damals auf die Nachricht reagiert hatten, dass ihr Sohn schwul war und heiraten würde. Noch dazu einen 53-jährigen. Sie hatte sich vorgenommen, den Mann zu hassen.

Und jetzt liebte sie diesen Mann fast genauso wie ihren Sohn. Sie wusste, egal, wie behindert ihr Sohn sein würde – Paul würde ihn niemals alleine lassen.

Der Oberarzt kam in den Raum.

„Also, Herr und Frau Markaris, Sie sind die Eltern, nicht wahr?"

Bitte nicht schon wieder.

„Nein, dies ist Herr Markaris, der Ehemann meines Sohnes, der dort liegt."

„Na, da bin ich wohl in einen Fettnapf getreten. Ich bitte um Verzeihung."

Offensichtlich waren Schwule beim israelischen Militär noch immer eine Zooattraktion.
Die Vorstellung eines schwulen Agenten
schien besonders abstrus. Wahrscheinlich
denkt man, dass deren Deckung durch das
Gewackel des Hinterns auffliegen würde.
„Gut, also: Sepsis und Infektionen sind im
Abklingen. Der eine Hoden kann
voraussichtlich erhalten werden. Zu einem
späteren Zeitpunkt soll er dann entscheiden,
ob er eine Prothese in den Hodensack
möchte. Aber das kommt erst nach komplet-
ter Heilung infrage.
„Es wäre also an der Zeit, ihn zurückzuholen.
Wir haben es jetzt mehrfach versucht, aber
ohne Erfolg. Vielleicht sollten Sie es versuchen.
Sprechen Sie mit ihm, berühren Sie ihn und
achten Sie auf etwaige Reaktionen. Es reicht
schon eine kleine."
„Das mache ich!", sagte Paul. „Ich weiß, wie
es funktionieren könnte!"
„Aber den Unterleib müssen Sie meiden!"
Paul platzte fast.
„Was glaubt ihr eig ..."
Merlina ging dazwischen und schob Paul aus
dem Zimmer.
„Versuche es, Paul. Du schaffst das!"
„Merlina, versprich mir, dass Du nicht
reinkommst und die Vorhänge zuziehst. Es

passiert nichts Unanständiges, aber ich weiß, wie ich ihn wachbekomme. Vertrau mir bitte!"
„Mach´ ihn einfach nur wach!"
Paul nahm Merlina in den Arm.
„Versprochen, Schwiegermama. Wir holen uns jetzt unseren Angelos zurück!"

28

Er betrat das Zimmer und stellte sich einen Stuhl auf die linke Seite des Bettes. Rechts würde es nicht funktionieren, wegen der Fraktur am Ellenbogen.

Er streichelte die Brust – dort waren die Verbände schon entfernt worden. Zu sehen waren aber noch Striemen und violette Flecken.

Er sprach mit Angelos.

Er fuhr das Bett vorsichtig nach unten, darauf achtend, dass kein Infusionsschlauch sich verhedderte. Er schob den Stuhl weg.

Und er kniete sich hin.

Dann schob er ganz vorsichtig die rechte Schulter zur Seite. Der ganze Bereich war auch noch geschwollen. Würde es funktionieren? Die Achsel lag frei und er begann sie zärtlich zu lecken. Gott, wie hatte er diesen Geschmack vermisst. Diesen Geruch. Das war *sein* Mann.

Zuerst bemerkte er es gar nicht. Die Haare. Die Achselhaare stellten sich. War das eine automatische Reaktion? Er würde den Arzt fragen müssen.

Und dann hörte er eine leise und schwache Stimme:

„Richter Mantzaris hatte doch recht. Mein Ehegatte ist pervers."

29

Drei Tage später ging es Angelos schon deutlich besser. Er konnte essen, die Schwellungen im Gesicht waren deutlich zurückgegangen. Er wirkte insgesamt kräftiger.
Und Paul war in der Lage, ihm den Teil der Geschichte zu erzählen, den Angelos nicht kannte.
„Wow. Und das alles in der kurzen Zeit! Aber viel länger hätte ich auch nicht durchgehalten."
„Das wusste ich. Erst bewegte sich gar nichts und dann ging alles rasend schnell. Ohne die SMS hätten wir Dich wahrscheinlich nie gefunden."
Stille.
„Aber das ist jetzt auch egal. Du lebst. Und alles wird wieder so wie vorher."
„Nein", sagte Angelos. „Ich bin nur noch ein halber Mann!"
„Hör zu. Ich kann mir nicht vorstellen, was das für Schmerzen sind oder waren und wie man sich ohne Hoden fühlt. Aber für mich spielt das keine Rolle. Deswegen liebe ich Dich doch nicht weniger als vorher. Du könntest

dort unten einen Kaktus hängen haben, wäre mir egal", sagte Paul.

Angelos musste lachen und es tat ihm sichtlich weh.

„Ich werde versuchen, Dich nicht mehr zum Lachen zu bringen", meinte Paul schmunzelnd.

„Bitte nicht", war die Antwort.

Aber Angelos hatte offensichtlich noch einiges auf dem Herzen.

„Ich werde auf Monate hinaus keinen Sex mit Dir haben können, das weißt Du!"

„Angelos, ich habe es gesehen. Ich war da. Natürlich ist mir das klar. Würde ich jetzt sagen, es spiele keine Rolle, wäre das eine Beleidigung für Dich, weil ich Sex mit Dir liebe. Aber ich werde es aushalten. Und zwar mit Freude, wenn Du eher gesund wirst. Thema erledigt?"

Angelos hatte genau diese Antwort erhofft, nein, erwartet.

„Ich hoffe, Du hast keine Sekunde an mir gezweifelt oder gedacht, ich suche mir einen anderen?"

„Nein. Als ich sah, was passiert war, habe ich mir überlegt, was Du wohl sagen würdest. Ich wusste, Du würdest sagen ‚mir egal' – und das hat mir viel Kraft gegeben. Das Wissen, dass Du bei mir bleibst."

Und Paul Markaris, früher Paul Pandis, der rüpelhafte und mitunter gefühlskalte Kommissar verfluchte seinen Mann.

„Seit ich Dich kenne, bin ich nur noch am Heulen. Das schaffst nur Du. Mein rosa Leopard! Oder eher Teufel!"

Beide mussten lachen.

„Ich kann Dir in nächster Zeit nur Achsellecken anbieten. Nicht sehr viel", meinte Angelos.

„Mir reicht das. Basta. Ende der Diskussion.

Angelos zögerte ein wenig.

„Es gibt vielleicht noch ein Problem", aber er konnte nicht weitersprechen.

„Und das wäre?"

Angelos holte tief Luft.

„Ich weiß nicht, ob es überhaupt noch geht. Da unten regt sich gar nichts mehr."

„Zu Deiner Beruhigung: selbst dann bliebe ich bei Dir. Was wäre ich für ein Mensch, wenn ich Dich dann verlassen würde. Was hältst Du von mir?"

„Du könntest den Sex mit einem anderen haben. Das wäre eine Lösung", sagte Angelos leise und es klang nicht überzeugend.

„Ich will keinen Sex mit einem anderen. Ich schiebe das mal auf die Medikamente. Keine weitere Diskussion. Abgesehen davon hast Du mich gepflegt nach meiner Vergewaltigung und den ganzen Operationen."

Angelos lächelte.

„Das ist *mein* Mann. Ich bin Dir sehr dankbar."

„Und überhaupt: Du bekommst seit zwei Wochen Opioide. Von denen weiß ich selbst, dass sie den Sexualtrieb bremsen. Kommt alles wieder", sagte Paul.

Dann überraschte ihn sein Mann zum x-ten Male.

Leise sagte er: „Können wir es nicht testen? Es würde mir sehr helfen, wenn …"

Paul lachte.

„Hier? Möchtest Du wieder Richter Mantzaris erklären, dass ich ein Sexmonster bin?"

Stille.

„Du meinst das ernst, oder?"

Paul überlegte kurz.

Er verließ das Krankenzimmer und suchte nach dem Oberarzt. Noch vor sechs Monaten wäre er lieber tot umgefallen, als ein solches Gespräch zu führen.

Der Arzt schaute vollkommen entsetzt.

„Ich weiß, das klingt in Ihren Ohren vielleicht unanständig. Aber es würde ihm bei der Genesung sehr helfen, wenn er wüsste …"

„…, dass noch alles funktioniert. Aber wie soll das gehen? Die Hoden bereiten ihm noch immer Schmerzen."

„Glauben Sie mir, es geht."

„Mehr will ich gar nicht wissen! Aber die Schlüssel sind alles Generalschlüssel. Wir und die Schwester müssen ja jederzeit in die Räume", sagte der Arzt. „Also hilft Abschließen gar nichts.

Paul überlegte kurz.

Drei Minuten später ging er zurück zu Angelos´ Zimmer mit einem Schild: „Infektionsgefahr. Betreten nur mit Schutz-kleidung!"

Er zeigte das Schild Angelos, der heftig lachte – und dies mit Schmerzen bezahlte.

„Du findest immer Lösungen, wo ich keine wüsste."

„Tja. Dafür bin ich da."

30

Nun, wie macht man Sex mit einem – wenn auch genesenden – Schwerverletzten? Nun liegen die beiden beteiligten Objekte direkt nebeneinander. Und dann ist in einem Krankenbett kein Platz für zwei – zumindest dann nicht, wenn diese … Paul wollte sich nicht durch einen Sturz aus dem Bett selbst zum Patienten machen.

Er schob das zweite Bett neben das andere, baute die Gitter ab.

„So schaut das schon besser aus", meinte er.

„Wenn ich Dir wehtue, sagst Du ‚Stopp'!"

„Das wirst Du nicht hören", sagte Angelos lächelnd.

Paul begann mit den Achseln. Das war seine Belohnung. Angelos hatte die Augen geschlossen und schnurrte.

Paul arbeitete sich vorsichtig weiter nach unten.

Ab dem Bauchnabel merkte er, dass Angelos leicht zuckte. Schmerzen.

„Soll ich besser aufhören?"

„Nein. Weiter. Es muss funktionieren."

„Himmel, setz Dich nicht unter Druck! Sonst wird das nichts!"

Also nochmal von vorne. Dann kam der entscheidende Moment. Nach nur einer

Minute war klar, dass alles normal funktionierte.

„Gut" sagte Paul. „Er ist noch in Betrieb. Ich
hole jetzt Kaffee!"

„Bist Du verrückt? Du kannst mich doch nicht
so liegen lassen", Angelos deutete auf seine
Erektion.

Paul lachte.

„War doch nur Spaß!"

„Sehr witzig. Der Teufel bist *Du*. Und grausam!"
So brachte Paul es zu Ende. Und Angelos
strahlte. Er hatte wieder dieses Leuchten in
den Augen, das Paul so liebte.

„Du siehst: es wird alles gut. Und als Prothese
würde mir rot gut gefallen!"

Die physiotherapeutischen Maßnahmen am Patienten hatten den Therapeuten so erschöpft, dass Paul im „Doppelbett" einschlief.

Mit seinem rechten Arm streichelte Angelos Paul über den Kopf.

„Was habe ich nur für ein Glück", dachte er. Viele Menschen müssen solche Situationen alleine durchstehen. Paul hatte für ihn gekämpft – im wahrsten Sinne des Wortes. Und getötet – wieder einmal. Zwei auf Mykonos und jetzt je einen in Beirut und Bengasi. Als Paul am Anfang ihrer Beziehung sagte, er würde jeden umbringen, der ihm, Angelos, etwas antue, hielt er es nur für einen der Sprüche, die man eben so sagt, wenn man frisch verliebt ist.

Aber Paul hatte es wahr gemacht. Und im Falle Beirut und Bengasi skrupellos und mit blankem Hass, wie Uri ihm berichtet hatte. Was findet er nur an mir? Mein Geruch allein wird es wohl nicht sein, murmelte er vor sich hin und lächelte.

Pauls Handy brummte.
Die beiden hatten vereinbart, dass jeder das Handy des anderen benutzen und auch alles

lesen darf. Sie wollten keine Geheimnisse vor dem anderen haben. Die menschliche Neugier und der Drang, im Handy des Partners zu stöbern, hat schon so manche Beziehung zerstört. Kann man alles durch Offenheit vermeiden.

Angelos ließ das Handy weiterbrummen. Paul sollte schlafen. Der hatte bestimmt einen gehörigen Nachholbedarf – und gerade eben noch heftig „gearbeitet".
Als das Brummen aufhörte, sah Angelos auf das Display:
2 x seine Mutter, Merlina, 3 x Nikos, 5 x Yannis und 2 x der Bürgermeister von Mykonos.
Schnell war Angelos klar, dass auf Mykonos etwas passiert sein musste. Paul würde nach Hause fliegen müssen, um seiner Arbeit nachzugehen.
Pauls Gebrüll konnte Angelos sich gut vor-stellen und zwar egal bei wem.
Und wahrscheinlich wird er sich strikt weigern zu gehen, ohne dass Angelos mitkam.

Und genau so kam es.

„Nikos, es ist mir egal, was der Bürgermeister sagt und ob er mich entlässt. Ich fahre nicht ohne Angelos. Ich buchstabiere es auch gerne."

Nikos seufzte. Was für ein Dickschädel.

Aber ich würde an Pauls Stelle auch nicht gehen. Wenn seine Frau im Ausland im Krankenhaus läge, würde er auch an ihrer Seite bleiben. Und es gab einen weiteren Grund, an den offensichtlich niemand gedacht hatte: beide, Angelos und Paul waren noch immer in Gefahr. Die Männer, die beim Einsatz getötet wurden, waren unter Garantie nicht die Bosse. Die saßen woanders. Und auch Salawi, den Paul in Beirut getötet hatte, war sicher nur ein kleines Licht. Und diese Herren sind rachsüchtig und grausam. Sie würden alles daransetzen, Paul und Angelos zu töten. Das war in einem israelischen Militärkrankenhaus zwar nicht zu erwarten, aber solange sie sich im Nahen Osten befanden, ist die Gefahr größer als Zuhause auf Mykonos.

Natürlich reichte der Arm der Drogenhändler auch bis Mykonos, aber dort war man auf heimischem Terrain – immer ein Vorteil.

Ich muss die beiden für längere Zeit schützen lassen, dachte Nikos.

Obwohl er Paul mittlerweile viel zutraute, wenn man den Berichten aus Tel Aviv Glauben schenken darf. Noch zwei eiskalte Morde im Namen der Liebe. Aber Morde war nicht das richtige Wort. Die Opfer waren Abschaum.

Auch die zwei auf Mykonos.

„Gut, Paul. In Ordnung. Unter der Voraussetzung, dass es Angelos auch will und es sich auch zutraut. Und das will ich von ihm selber hören."

Paul reichte den Hörer weiter.

„Willkommen zurück in der Welt der Lebenden. Dein durchgeknallter Mann besteht darauf, dass er ohne Dich nicht fährt. Du kennst ihn ja!"

Angelos lachte.

„Oh ja. Gott sei Dank ist er so, sonst wäre ich tot."

Da hast du recht, dachte Nikos.

„Bist Du schon so weit, dass es zuhause geht?"

„Ja, Nikos, wer könnte mich besser versorgen als Paul?"

„Jaja, Arzt ist er ja noch keiner", brummte Nikos.

„Paul würde, wenn es sein muss, eine Notoperation mit dem Küchenmesser machen!"

Angelos lachte.

Gott sei Dank scheint es ihm gut zu gehen, dachte Nikos.

„Du möchtest also mit. Gut, dann organisiere ich einen Krankentransport von Tel Aviv nach Mykonos. Nach Tel Aviv geht es mit einem Hubschrauber der Israelis."

„Du hast also ohnehin schon alles organisiert?", fragte Angelos lachend.

„Ich kenne doch Deinen Mann!"

33

Paul verdrehte die Augen.

Es konnte nicht wahr sein.

Ein Mord. Auf Mykonos. Gerade jetzt.

Selbst wenn sie schon zuhause wären, müsste er sich um Angelos kümmern. Und hätte keine Zeit für so etwas Profanes wie Arbeit. Er hätte Angelos´ Vorschlag, Hausmann zu werden, doch annehmen sollen. Geld hatte der Haushalt genug, besser gesagt: Angelos. Aber er war ehrlich: wahrscheinlich fiele ihm die Decke auf den Kopf. Kommissar Markaris, früher Pandis, liebte seine Arbeit zwar nicht, brauchte sie aber. Allein, damit die grauen Zellen nicht schrumpfen.

Was ihn wurmte: der Mord geschah an Bord eines Kreuzfahrtschiffes im Hafen von Mykonos.

Es bedeutete – so viel wusste er schon: 3.453 Verdächtige, denn das war die Zahl der Passagiere. Allein die schnelle Überprüfung der Papiere aller würde Tage dauern. Eine genaue Prüfung über eine Woche. Und das Schiff möchte gerne weiterfahren. Die Reederei laufe bereits Amok, hatte ihm der Bürgermeister in die Ohren gequäkt.

„Das Schiff bleibt solange da, bis ich eintreffe und den Tatort gesehen habe. Und wenn die

Passagiere Amok laufen, bitte. Der Kapitän soll ihnen einfach sagen, dass Santorini überschätzt wird."

Er rief den Hafenmeister an, mit dem er ohnehin noch ein ernstes Wort würde reden müssen. Aber er tut bestimmt das, was ich ihm sage, dachte Paul. So war es auch.

„Kostas, Du positionierst das Baggerschiff vor der Einfahrt. Sonst verschwinden die uns. Du bist dafür verantwortlich, verstanden? Über den Rest unterhalten wir uns später!"

Dann fiel ihm siedend heiß ein, dass ihm eine wichtige Information fehlt.

Er musste Yannis anrufen.

„Wer ist überhaupt das Opfer?"

„Martin Goldberg."

„Deutscher?"

„Nein. Israeli." Au Backe.

„Und er ist, äh, war 88."

Paul schnaubte.

„Muss man in dem Alter noch auf Kreuzfahrt? Hätte der nicht einen Hafen zuvor sterben können?"

Kurz erwog er die Option, das Schiff samt Leiche einfach nach Santorini weiterzuschicken. Sollen die sich darum kümmern. Aber es wussten schon zu viele, alle Passagiere eingeschlossen.

Verdammter Mist.

34

Während Angelos „verpackt" wurde, kamen
Uri und Gabriel, um sich zu verabschieden.
Paul umarmte beide, küsste beide. Dann
nahm ihn Uri zur Seite.
„Was gibt´s?"
„Es gab einen Mord an einem Israeli auf
Mykonos."
„Ich weiß. Was glaubst Du, warum wir gehen
müssen?"
„Der Punkt ist, dass bei uns die Öffentlichkeit
richtig Druck macht. Immer dann, wenn im
Ausland ein Israeli ermordet wird. Warum das
so ist, brauche ich Dir, glaube ich, nicht zu
erklären."
Paul nickte. „Was ist der Punkt?"
„Normalerweise macht unser Außen-
ministerium dem anderen Innenministerium –
oder wer für die Polizei zuständig ist …"
„… bei uns die Armee", ging Paul
dazwischen.
„Egal, sie machen Druck. In diesem Fall hatte
Ariel, also unser Chef, die Idee, das Ganze
auf dem kleinen Dienstweg zu regeln. Ihr lasst
als Dankeschön für unsere Hilfe einen Ermittler
von uns zu."
Paul lachte.

„Ihr scheint mit dem Einfordern von Gutha-
ben besonders schnell zu sein. Aber klar. Vor
Ort entscheide ich, wer mit ermittelt oder
nicht. Angelos ist ohnehin meistens dabei –
oder war es bisher – ohne irgendetwas
Offizielles. Hauptsache, der Typ behindert
mich nicht. Noch wichtiger: der Typ nervt
mich nicht", sagte Paul.
„Bekommt er sonst einen Augenschuss?", war
die (erwartete) Frage Uris.
„Könnte sein."
„Habe ich Dich bisher genervt?", fragte Uri.
„Nein, um Gottes willen!"
„Na dann, man will mich mitschicken."
„Super. Kein Problem. Ich freue mich. Und
Angelos bestimmt auch. Du kannst natürlich
bei uns wohnen. Waffe bringst Du besser mit.
Unsere sind … na ja …"
Uri lachte.
„Der rasende Großvater und der Mossad. Der
Mörder wird sich wundern!"
Dann wurde Uri wieder ernst.
„Es gibt aber noch einen weiteren Grund. Wir,
aber auch Nikos, haben die Sorge, dass man
euch nicht in Ruhe lässt. Ihr müsst auf längere
Zeit beschützt werden. Ich habe also eine
Doppelaufgabe. Nikos stellt auch noch
jemand ab."

Uri sagte Paul nichts Unerwartetes. Es war klar, dass diese Geschichte noch nicht beendet war. Die Gefahr war durchaus real.

„Die unterschätzen uns!", meinte Paul.

„Nein. Nicht nachdem, was wir abgezogen haben. Die sind gewarnt. Aber egal, ich bin also auch zu eurem Schutz da!"

Ein Krankentransport per Jet ist etwas sehr
Komfortables. Aber nur recht und billig, wenn
man für den Staat fast – ja, man muss sagen –
verreckt. Auf der Fahrt von Beerscheba nach
Tel Aviv wurden Paul und Angelos von vier
SUVs begleitet. Große Eskorte. Natürlich wäre
es ein Super-GAU für die Israelis, wenn auf
dem Weg zum Flughafen etwas passieren
würde, dennoch war es ein Vorgeschmack
auf die Bedrohungslage zuhause. Prekär.
Paul saß neben Angelos, dem anzusehen
war, dass er sich auf zuhause freute. Er hatte
auch wieder seine normale Gesichtsfarbe,
nicht dieses schale Grau nach der Befreiung.
„Wenn diese Sache einen positiven Effekt hat
– und versteh´ mich bitte nicht falsch – dann
den, dass Du fünf Monate krankgeschrieben
und damit zuhause bist!"
Paul strahlte.
Und Angelos lächelte innerlich. Für die
meisten Ehepartner wäre die Mitteilung
‚Schatz, ich bin die nächsten fünf Monate
Zuhause‘, der größtmögliche Alptraum.
Mein Mann freut sich darüber wie ein kleines
Kind. Ich habe unverschämtes Glück.

Beim Anflug auf Mykonos sah Paul aus dem Fenster. Als er hierher strafversetzt wurde, hatte Paul Mykonos zuerst gehasst. Zu kahl, zu voll, zu laut. Jetzt blickte er nach unten auf „seine" Insel. Was für einen Unterschied es doch macht, wenn man ein glückliches Zuhause hat.

Mit dem Laufen haperte es bei Angelos noch, deswegen ging es auf der Bahre weiter bis Kalafati und daheim zunächst auf die Couch. Die Erleichterung und Freude war fast greifbar.

„So, Großer, endlich wieder da, wo Du hingehörst. Nämlich hierher!"

Angelos lächelte.

„Ich würde nicht woanders sein wollen."

„Gut. Grundregel: Du sagst mir, wenn irgendetwas nicht geht. Und wehe, Du machst die Klappe nicht auf aus Stolz."

„Ich bin doch nicht verrückt. Deine Anschisse sind gefürchtet!"

„Bin ich wirklich so schlimm?", fragte Paul.

„Ach was. Ein kleiner Scherz!"

Paul ging in die Küche, um für alle Espresso zu machen, denn Nikos und Uri waren auch da. Nikos rechnete er dies hoch an, dass er extra aus Athen zur Begrüßung seines Mitarbeiters gekommen war.

Fünf Minuten später sollte Nikos Paul die Pest an den Hals wünschen.

„Es tut mir leid, dass ich die Willkommensfeier stören muss, aber ich kann nicht lange bleiben. Es geht um euren Schutz. Das ganze Haus und die Zufahrten sind kamera-überwacht. Die Bilder werden euch auch auf die PCs gespielt. Aber ihr müsst natürlich auch darauf achten. Im Haus habe ich auch Kameras anbringen lassen.

Angelos hörte das beginnende Schnaufen von Paul. „Außer im Schlafzimmer – und auf besonderen Wunsch des jungen Mannes – auch in der Dusche. Ich will nicht wissen, warum!"

„Damit nicht wieder ein Video zufällig bei Richter Mantzaris oder bei ‚you tube' landet", sagte Angelos grinsend.

„Aber die nächste Zeit geht ohnehin wenig." Nikos überging Angelos' Bemerkung einfach. „Zusätzlich ist Uri da, ich schaue noch nach einem zusätzlichen Mann. Die Flughafen-polizei achtet auf verdächtige Gestalten. Dann habe ich noch einiges mitgebracht. Ein paar Waffen und zwei Taser."

„Was bitte?", fragte Paul.

„Elektroschocker. Du musst nicht jedem gleich ins Auge schießen, wenn er Deinen Mann anschaut", sagte Nikos schmunzelnd.

„Warum eigentlich nicht?", brummte Paul vor sich hin.

„Und wie funktionieren diese Dinger?", fragte Paul, der einen der Taser in die Hand nahm.

„PAUL! NEEEII ..." Angelos wusste es eine Zehntel vorher.

Der Elektrodraht mit dem Haken vorne schoss aus dem Lauf und traf Nikos in die Brust.

Die Wirkung war atemberaubend. Nikos riss es von den Beinen. Er fiel unter Zuckungen krachend auf den Boden und wand sich.

Immer wieder zuckten die Muskeln und der Körper bäumte sich unter Stöhnen auf.

Immer wieder kam es zu neuen Attacken, bis Nikos endlich ruhig auf dem Boden liegenblieb.

Uri rannte zu Nikos und kniete sich hin.

Er hörte ein leises „Ich bringe ihn um!".

„Entschuldige Nikos, es tut mir leid. Ich war ungeschickt!"

Nikos lag noch immer steif auf dem Boden.

„Ein Mann, der vier Menschen präzise ins Auge schießt, ist gleichzeitig nicht in der Lage auf einen Abzug zu achten. Erklär´ mir das!"

„Du kennst die Antwort", sagte Angelos von der Couch.

„Jaja, bei den anderen ging es um Dich, schon kapiert. Dein Mann ist echt schwer gestört!"

„Nein, ist er nicht. Ohne ihn wäre ich schon zwei Mal gestorben, vergiss das nicht."

„Und ich habe ihm geholfen. Was bekomme ich als Dank? Einen Taser in die Brust!"

Uri half Nikos auf, der noch sehr wacklig auf den Beinen stand.

„Fahr mich zum Flughafen, bevor der Irre mich noch umbringt!"

„Nochmal: es tut mir leid!", sagte Paul.

37

Nachdem sie gegangen waren, sagte Angelos:
„Du machst mir nichts vor. Das war kein Ungeschick. Du hast ihn mit voller Absicht getroffen!"
Paul lächelte breit.
„Du durchschaust mich immer. Das ist aber gut so. Es war die Strafe dafür, dass er Dich in eine solche Gefahr gebracht hat. Dann hättest Du Deinen Hoden noch und nichts wäre passiert. Schadet nicht, wenn der Büro-hengst auch ein paar Schmerzen abkriegt."
„Aber perfekt die ungeschickte Unschuld gespielt!" Angelos lachte laut.
„Ich habe meine Talente", sagte Paul.

Doch in der Nacht wurde es ernst. Es kam der erste Flash-Back. Das Wiedererleben.
Paul wachte auf und hörte Angelos schreien. Als er das Licht anmachte, sah er, dass sein Mann im Schlaf schrie und murmelte, den Kopf hin- und her schmiss. Dazu war er klatschnass – der Geruch machte Paul fast rasend. Er liebte ihn – also den Geruch und seinen Mann natürlich.
Er rutschte zu Angelos hinüber, schob seinen Arm unter den Kopf und streichelte ihn sanft.

Angelos wachte auf, sagte aber nichts und atmete nur heftigst. Kurz darauf schlief Angelos zwar wieder ein, aber nach wenigen Minuten ging es wieder los und Paul bekam einen Schlag ab.

Er zog den Arm vorsichtig weg und stand auf. Paul ging zum Gästezimmer und sah Licht. Uri war auch wachgeworden.

„Der arme Kerl", sagte er.

„Du musst mir helfen, ihn in die Dusche zu schaffen", sagte Paul.

„In die Dusche?"

„Bitte hilf mir einfach!"

Paul ging ins Bad und stellte einen Stuhl in die Dusche und legte ein Kissen darauf.

Dann zogen Paul und Uri Angelos aus dem Bett und schleiften ihn ins Bad. Sie setzten ihn auf den Stuhl, vorsichtig, dass er keine Schmerzen haben würde.

Er saß da wie ein nasser Sack, den Kopf gesenkt.

„Ich kenne das. Ich hatte das Gleiche nach meiner Vergewaltigung. Damals hat er sich um mich gekümmert."

Uri schaute ungläubig.

„Du bist vergewaltigt worden?"

„Ach das wusstest Du nicht? Gefoltert und vergewaltigt. Aber der Täter ist tot. Angelos hat ihn umgebracht!"

Uri war sprachlos. Die zwei hatten offensichtlich viel durchgemacht. Das schweißt
zusammen. Dass auch Angelos schon vergewaltigt wurde, wollte Paul nicht erzählen. Das
sollte er selbst entscheiden, wer es erfahren
sollte und wer nicht.
„Dann wollen wir mal."
Paul stellte die Dusche auf lauwarm und ließ
das Wasser auf Angelos prasseln. Den
Oberkörper schob er nach hinten. Dann
begann er, den Körper und das Gesicht zu
streicheln.
Plötzlich begann Angelos laut aufzuheulen. Es
schüttelte ihn regelrecht.
„Gut so, Großer. Lass es raus!"
Er heulte und heulte.
So wie ich damals, dachte Paul. So etwas
kann man nicht verdrängen, schon gar nicht
vergessen.
Paul küsste ihn am ganzen Körper, musste
dazwischen husten, weil das Wasser noch lief.
Er arbeitete sich langsam nach unten bis zu
Angelos Geschlechtsteilen. Beim Orgasmus
hörte Paul den tiefsten Seufzer, den er je
gehört hatte. Angelos schien immer noch im
Halbschlaf.
Erst da bemerkte er, dass Uri die ganze Zeit
dahintergestanden war. Es war Paul egal.
Soll er denken, was er will.

Was Paul nicht wusste, war, dass – während er einkaufen war – Angelos und Uri ein längeres Gespräch geführt hatten.

Paul stellte die Dusche ab und trocknete Angelos vorsichtig ab. Dann trugen sie ihn wieder ins Schlafzimmer.

Paul seufzte. Anstrengend. Da merkte er seine 53.

„Danke, Uri. Morgen früh müssen wir auf das dämliche Schiff. Arbeit." Uri nickte.

Paul legte sich ins Bett und legte seinen Kopf auf Angelos Brust.

Der vergoss noch ein paar Tränen. Dann sagte er nur: „Danke, Paul".

Und er schlief ein. Und schlief bis zum nächsten Morgen durch.

38

Am nächsten Morgen fluchte Paul. Er musste
arbeiten – und hatte zuhause einen Teil-
Invaliden. Zunächst wollte er Angelos Mutter
anrufen, aber der winkte ab:
„Dann sind wir zu viert in der Wohnung und
da flippst Du aus!"
Wie gut er mich kennt.
„Ich gehe aber nur, wenn Du *wirklich* alleine
zurechtkommst!"

Angelos stand auf. Und hatte natürlich
Schmerzen beim Laufen.
„Wenn Du jetzt lachst, soll Dich der Schlag
treffen", sagte er.
„Du läufst wie John Wayne in ‚High noon'!"
Paul verkniff sich das Lachen.
„High was?"
Da haben wir die 25 Jahre Unterschied
wieder.
„Ich will erst sehen, wie Du ohne Qual die
Treppe hinuntergehst. Hast Du Schmerzen,
bleib ich da. Soll der Dampfer ruhig noch ein
bisschen hierbleiben."
Aber: es ging, auch wenn Angelos natürlich
Schmerzen hatte, sich aber nichts anmerken
ließ. Paul musste arbeiten. Jeder macht ihm

Druck. Die Israelis, der Bürgermeister, die Reederei …
Dann nicht auch noch ich.

So fuhren Paul und Uri im knallroten Cabrio von Kalafati zum Hafen, der etwa 20 km entfernt lag. 20 km bedeuten auf Mykonos mindestens 30 Minuten Fahrzeit. Schlechte Straßen, Serpentinen, schlechte Autofahrer – und damit waren die Touristen gemeint. Genervt kamen die zwei am Hafen an. Kaum, dass Paul die Tür geöffnet hatte, verschwand der Hafenmeister wie von Zauberhand in irgendeinen Winkel seines Büros.

Paul stellte sich in den Türrahmen und schrie: „Netter Versuch, Kostas. Hilft nur nichts. Bei Fuß!"

Uri zuckte. Bei Paul möchte ich kein Verdächtiger sein. Oder Hinterbliebener. So zärtlich und rücksichtsvoll er mit Angelos umging, so rüpelhaft schien er in seinem Beruf zu sein. Wie ein begossener Pudel trabte Kostas zur Türe.

„Also: über Deine Beteiligung an der Drogenverteilung sprechen wir noch. Du weißt, dass Du von mir Bewährung hattest und trotzdem hast …"

„Paul, bitte: Denk an die CD!"

Als ob man so etwas vergessen könnte. Menschen, denen die Kopfhaut abgezogen

wurde und ein zehnjähriges Mädchen, das
vergewaltigt wurde.

Kostas hatte zwei kleine Mädchen.

„Ungeschoren kommst Du mir nicht davon.
Aber ins Gefängnis geht es nicht! Das mit der
Hafensperre hast Du gut gemacht!"

Kostas atmete erleichtert auf.

„Freu Dich nicht zu früh. Das bedeutet, dass
ich noch einmal mit Deiner Frau sprechen
muss!"

„Paul, bitte nicht. Die hat mich das letzte Mal
verdroschen." Das wusste Paul.

Kostas´ Frau war von der korpulenten Sorte.
Und nicht zimperlich.

„Jetzt hätte ich gerne die Passagierliste. Die
hat die Reederei ja hierhergeschickt. Und
pronto!"

„Das mit seiner Frau ist fies", flüsterte Uri ihm ins
Ohr.

„Ich weiß."

39

Für Kommissar Pandis, halt, jetzt Markaris, gab es nichts Schlimmeres als Gespräche mit Hinterbliebenen. Noch bei jedem Todesfall ist er bisher in Fettnäpfe getreten.

Er nahm sich vor, es diesmal besser zu machen.

Die Witwe hatte er in das Gebäude der Hafenverwaltung bringen lassen. Die gebrechliche Frau – sie war jünger als ihr Mann, Ende siebzig – saß auf einem Stuhl.

„Markaris. Ich bin der örtliche Kommissar. Mein Beileid, Frau …" Mist.

„Goldberg."

„Genau. Es tut mir sehr leid, dass Ihr Mann ermordet wurde."

Die Frau schaute ihn mit großen Augen an. „Was bitte?"

Oh Gott, sie weiß es noch nicht. Hatte ihr niemand gesagt, dass …

„Entschuldigung, ich ging davon aus, dass Sie es schon wussten. Aber keine Sorge. Er wurde erdrosselt und das geht in dem Alter schnell!"

Die arme Frau bekam einen Heulkrampf.

Was hat sie denn, dachte Paul.

Was für ein Trampel, dachte Uri.

Es machte wirklich Sinn, dass Angelos bei solchen Gelegenheiten meist mit dabei war.

Aber es war noch nicht vorbei.

Wieso reagieren Frauen auf Fakten nur immer so hysterisch? Paul würde es nie verstehen.

Er hatte Katsakis schon einmal vorge-schlagen, hinterbliebene Frauen zuerst mit Benzodiazepinen zu versorgen, bevor Paul mit ihnen sprach.

Auch der nächste Versuch scheiterte.

„Es tut mir leid. Der Leiche geht es gut. Sie liegt im Rathaus im Kühlschrank."

Da fiel die arme Frau in Ohnmacht.

Im Nebenzimmer hörte man Kostas laut lachen.

Uri stand da wie schockgefroren.

Wir Israelis sind ja manchmal auch nicht zimperlich, aber das ...

Ein Mann, der zu Angelos die Sanftmut und Zärtlichkeit in Person war – und zugleich zu Dritten gefühlskalt und rüpelhaft.

Diese Ermittlungen würden zumindest kurios werden, dachte Uri. Dann kümmerte er sich um seine Landsmännin.

Nachdem diese dank Paul Markaris in die Klinik am Kreisverkehr gebracht werden musste, widmete sich Paul wieder dem Hafenmeister.

Der hatte zwischenzeitlich eine endlos scheinende Passagierliste in der Hand. Sie war knappe drei Meter lang.

Dann sagte er zu Kostas:

„Du machst jetzt Folgendes. Du fährst nach Kalafati, bringst Angelos die Liste. Er soll sich die Liste anschauen und sich Gedanken machen. Aber nur, wenn er sich gut fühlt. Und wehe, Du vergisst den letzten Satz!"

Kostas nickte nur und ging.

„Und wir zwei schauen uns jetzt den Tatort an!"

Uri nickte.

Er war so konsterniert, dass er zu mehr nicht fähig war.

40

Das war genügend Arbeit für heute, beschloss
Paul und so fuhren sie nach Hause.
„Alles in Ordnung, Großer?", fragte er
Angelos.
„Na klar. Mir geht´s gut."
Angelos sah Uri an und der verdrehte die
Augen.
„Ich muss mich eine halbe Stunde hinlegen",
sagte Paul. „Ich bin das Arbeiten wohl nicht
mehr gewöhnt." Er ging nach oben.
Kaum war die Türe zu, sagte Uri: „Wir müssen
reden, Angelos!"

Zwanzig Minuten später kam Angelos leise ins
Zimmer. Paul hatte nur gedöst.
„Brauchst Du Hilfe, Großer?"
„Nein, Paul. Wir müssen reden." Und schon
bekam Paul Gänsehaut.
„Ok, was habe ich bei Dir falsch gemacht?"
„Bei mir gar nichts. Aber Uri hat mir erzählt,
was Du mit der alten Frau gemacht hast. Er
hat nicht gepetzt, bevor Du Dich jetzt
aufregst. Er macht sich Sorgen, dass bei Dir
auch einiges im Argen liegt."
Paul schaute verdutzt. „Bei mir?"
„Paul. Du bist zu mir so liebevoll, wie man nur
sein kann. Und dafür liebe ich Dich. Aber zu

Anderen bist Du manchmal verdammt verletzend oder rücksichtslos. Du hast vier Menschen regelrecht hingerichtet!"

„Aber das habe ich …"

„Ich weiß. Das war Abschaum und Du wolltest mir helfen. Ich denke, dass die Folter und die Vergewaltigung und die Angst um mich bei Dir etwas bewirkt hat … Und Du darüber bisher auch wenig geredet hast. Vielleicht braucht es bei Dir auch einen Zusammenbruch wie bei mir. Ich weiß es nicht."

Paul schaute betreten.

„Großer, ich habe bis heute noch gar nicht richtig begriffen, was die letzte Woche passiert ist. Es ist wie ein Kinobesuch gewesen. Es ist immer noch irreal. Ich hatte Dich verloren, ich hatte Dich wieder. Aber was möchtest Du von mir?"

„Zwei Dinge: Wenn es Dich packt, dann REDE und zwar mit MIR. Und dann: es gibt auch noch andere Menschen außer mir. Du darfst auch zu Dritten freundlicher sein."

Dann lächelte Angelos.

„Oder Du hältst die Klappe und lässt mich reden! Bist Du sauer? Dann sag es!"

Paul zögerte.

„Natürlich nicht. Du hast leider wie üblich recht. Es tut mir leid."

„Du brauchst Dich bei mir nicht dauernd zu entschuldigen. Da gibt es nichts. Vielleicht habe ich Dir auch meine Dankbarkeit zu wenig gezeigt!"

Paul schüttelte den Kopf.

„Ich weiß, bevor ich kam, war Dein Leben einfach. Dann war ich da – und plötzlich wurde es kompliziert und anstrengend. Mir ist erst in Bengasi eingefallen, was ich für eine Belastung bin. Die dauernde Angst um mich, die persönliche Gefahr für Dich. Die Pflege. Das alles kostet Kraft."

Paul wurde kreidebleich.

„Oh Gott. Bitte verlass mich nicht. Mein Leben war nicht einfach, es war Dunkelheit, sonst nichts. Mit Dir wurde es hell, aufregend und ja, anstrengender. Aber ..."

„ICH VERLASSE DICH NICHT, DU IDIOT. Wie könnte ich das je, nach dem, was Du getan hast. Ich wäre verrückt und verdammt undankbar. Und ich liebe Dich nicht weniger als Du mich, zum tausendsten Mal."

Paul atmete auf.

„Dann habe ich das gerade vollkommen falsch verstanden. Verzeih. Wie gesagt, ich bin eine Woche unter Dauerstrom gewesen, mit panischer Angst."

Nach kurzer Pause fügte Paul hinzu:

„Ich verspreche Dir, dass ich mehr aufpasse, was ich sage. Oder manchmal den Mund halte."

„Danke. Und vergiss das mit dem Reden nicht. Keine falsche Scham. Nicht vor mir!"

Angelos küsste ihn und sagte:

„Und beim Essen unterhalten wir uns über die Liste! Noch ein letztes: Ich werde Dich nie alleine lassen."

Nachdenklich verließ Angelos das Zimmer.

Er liebt mich abgöttisch. Deswegen sind ihm andere egal. Aber: bei allem, wo er versprochen hatte, sich zu bemühen, hat er es auch wirklich getan. Paul hatte mehr Respekt vor seiner Arbeit gezeigt ... Ich kann mich über nichts beschweren.

Aber Paul würde auch noch seinen Zusammenbruch haben. Dessen war sich Angelos bewusst. Und dann werde ich da sein.

41

„Wie geht es ihm?", fragte Uri.

„Noch gut. Bis er begriffen hat, was passiert ist."

„Ist er wirklich vergewaltigt worden?"

Angelos verzog den Mund.

„Das war nicht nur eine Vergewaltigung, es war … zuerst mit einem Holzprügel mit Spreißeln und dann … normal. Ich habe ihn damals gefunden. Das Bild werde ich nie vergessen. Das ganze Blut. Und ich war schuld."

„Warum Du?"

Angelos stockte.

„Weil derselbe mich drei Jahre vorher auch vergewaltigt hatte. Ich wusste um die Gefahr, die von dem Mann ausgeht. Dennoch habe ich Paul alleine hoch in die Scheune gehen lassen." Angelos deutete mit dem Finger aus dem Fenster.

Stille.

„Oh Gott. Haben sie Dich in Bengasi …?"

„Nein. Das hätte ich nicht überlebt. Aber der Hoden reicht mir."

„Natürlich. War blöd von mir", sagte Uri.

„Schon in Ordnung!"

Dann sagte Uri nachdenklich:

„Er liebt Dich wie ich es noch nie gesehen habe bei einem Menschen. Ich meine, wer würde fast alleine in den Nahen Osten fahren und es dort mit Terroristen und Drogen-händlern aufnehmen. Ohne Rücksicht auf sich selber. Das war ihm vollkommen egal. Glaube mir. Der hatte keine Angst um sich. Der hatte nur Angst um Dich!"

„Ich weiß, Uri. Nur das aber hat mich am Leben gehalten. Das Wissen, da ist jemand, der Dich abgöttisch liebt, verehrt. Ich habe unglaubliches Glück. Er hat seine Macken, aber ich könnte und werde ihn nie verlassen, das schwöre ich."

„So etwas findest Du jedenfalls nie mehr. Und ehrlich gesagt: er sieht für 53 gut aus, ist klug und clever, meist fehlt letzteres, und sein trockener Humor hat mir schon in Beirut gefallen."

„Wegen all dem bin ich hier! Und bleibe hier!"

„Ich habe euch unter der Dusche gesehen", sagte Uri leise und sah Angelos nicht an.

Der brauchte ein paar Sekunden, um zu begreifen.

„Ich habe gar nicht mitbekommen, dass Du auch da warst."

„Ich musste Dich ja mit ins Bad tragen. Wie soll ich es sagen. Ich bin garantiert kein Spanner. Aber ich stand da wie gelähmt. Das war das erotischste, liebevollste, was ich je gesehen habe. Er hat Deinen Körper berührt als wäre er eine kostbare Reliquie. Es war faszinierend. Ich weiß nicht, ob Paul es mitbekommen hat, dass ich alles gesehen habe."

Angelos lächelte.

„Mit Erektion bei Dir?"

Uri lachte.

„Blöde Frage. Aber ich kann Dir ehrlich nicht sagen, warum. Ob wegen Dir, wegen Paul oder ob es nur die Situation war."

Uri machte eine kurze Pause.

„Aber was ist, wenn Dir etwas passiert? Wenn wir Dich in Bengasi nur noch tot aufgefunden hätten?

Angelos zögerte nicht einen Moment.

„Uri, er hätte sich vor Deinen Augen erschossen. Es klingt furchtbar arrogant, aber: er lebt durch mich. Nur: jeder sieht, wie sehr er mich liebt. Worüber niemand nachdenkt, ist …"

„… was das für eine Verantwortung für Dich bedeutet. Das habe ich schon begriffen", sagte Uri.

Die letzten Sätze hatte Paul mitbekommen, weil er auf dem Weg zur Treppe war. Es war zum ersten Mal, dass er hörte, wie Angelos zu Anderen über ihn sprach.

42

„Kannst Du am Esstisch sitzen?"

„Paul, der Stuhl ist mir lieber als die Couch. Ich sage Dir schon, wenn was nicht passt."

„Gut. Jetzt sag mir Deine Meinung zu der Liste und dem Fall."

„In allen Einzelheiten?"

„Ich verspreche Dir, zuzuhören und ich werde Dich nicht unterbrechen!"

Angelos holte tief Luft.

„Ich weiß, warum Du mir die Liste geschickt hast. Damit ich auf andere Gedanken komme, bei der Ermittlung dabei bin, obwohl ich hierliege, und geistig fit bleibe."

„Ich bin ein offenes Buch." Paul lachte. „Aber mach weiter."

„Zuerst: der Mörder kommt meist aus der direkten Umgebung. Ehefrau, Ehemann, Sohn oder enger Freund. Wir müssten zunächst überprüfen, wo all die Personen waren zum Zeitpunkt des Mordes. Hier ist der Tatort hilfreich. Es reicht aus, wenn wir wissen, aus Familie oder Freundeskreis war keiner an Bord. Aber da kann Uri uns helfen oder die Polizei in Israel.

Geraubt wurde nichts. Ich vermute ein persönliches Motiv. Bescheuert ist eines: auf der Liste sind die Nationalitäten nicht aufgeführt. Ich glaube aber, dass dies wichtig ist. Und ich würde, wenn ich der Kommissar wäre, auf den Geburtsdaten bestehen. Bei einem persönlichen Motiv könnte das Alter eine Rolle spielen. Etwas Politisches schließe ich aus. Dann hätte man den Mord in einem Hafen begangen, der große Medienaufmerksamkeit garantiert. In Athen wären Dutzende TV-Teams vor Ort. Hier auf Mykonos hat das ganze keine Wirkung. Mehr kann ich aber nicht bieten."

Paul lächelte, stand auf und legte ein Blatt Papier auf den Tisch.

Eine E-Mail an die Reederei:

Passagierliste in der Form unbrauchbar. Sortieren nach Staatsangehörigkeit. Angabe der Geburtsdaten. Angabe aller Vornamen. Muss bis morgen 14 Uhr vorliegen. Kriminalpolizei Mykonos, Paul Markaris.

Uri lachte laut. „Ihr zwei habt wohl selbst die Gehirne zusammengeschaltet!" Paul ging zu Angelos und küsste ihn auf den Kopf: „Du bist der zweitbeste Kommissar der Welt!"

Angelos musste selber lachen.

„Aber wozu die zusätzlichen Vornamen?"

„Reine Intuition. Wenn es etwas Persönliches ist und damit hast Du wahrscheinlich recht, dann spielt das sehr wohl eine Rolle. Jedenfalls hat Bengasi Deine Fähigkeiten als Ermittler nicht beschädigt. Test bestanden."

43

Um 22.30 Uhr beschloss Angelos, dass er zu Bett gehe.

„So früh?", fragte Paul.

„Ja, aber Du brauchst deswegen nicht mit. Bleib noch sitzen, wenn Dir danach ist. Wir können ohnehin nicht ... Du weißt schon." Angelos lächelte gequält.

„Ich komme dann, Großer."

Paul und Uri schauten noch TV, dann begann Paul das Geschirr in die Küche zu tragen.

„Noch ein ‚Gute-Nacht-Espresso'?"

Ein Ritual, das Paul seit 20 Jahren pflegte und in keinster Weise dem Schlaf entgegenwirkte. Uri nickte.

Paul stand an dem Automaten, als sich von hinten zwei Arme um ihn schlangen. Dann spürte er eine Zunge am linken Ohr.

Angelos konnte es nicht sein.

„Himmel. Uri! Was machst Du da?"

Leise flüsterte er: „Ich habe euch in der Dusche gesehen. Das war phantastisch. So etwas habe ich noch nie gesehen."

Paul lachte.

„...und hattest eine Erektion, oder?"

„Ja, aber ich weiß nicht, ob wegen Dir oder wegen Angelos."

Da bekam Paul Gänsehaut.

„Was meinst Du?"

„Du sollst nicht immer so tun, als wärst Du das hässliche Entlein. Das bist Du nicht. Sonst wäre Angelos nicht mit Dir zusammen. Trotz Deines Grips´ und Deines Humors!"

Paul spürte Uris Erektion und wurde immer unruhiger.

Dann hörte er den Satz: „Wollen wir es versuchen?"

„Was wird das hier? Und die Wahrheit bitte!"

Er ging zur Seite weg und blickte Uri in die Augen.

„Uri, ich mag Dich sehr und Du bist weiß Gott attraktiv. Aber ich würde Angelos nie betrügen. Nie! Sollte das ein Test sein?"

Uri schüttelte den Kopf.

„Nein, vergiss es bitte."

„Es war Angelos´ Idee?", fragte Paul, als Uri aus der Küche gehen wollte.

Uri sagte zunächst nichts.

„Ja oder nein?"

„Ja. Aber sei ihm nicht böse. Du glaubst immer, nur Du hast Angst. Die hat er auch. Und vergiss nicht. Er musste mehr erleiden als Du – und ist deutlich jünger."

„Als ob ich das nicht wüsste", sagte Paul.

„Er hat Angst, dass Dich der wegfallende Sex irgendwann nervt und Du nicht so lange warten kannst, bis wieder alles in Ordnung ist!"

Paul schaute verdattert.

„Und dann hat er Dich gebeten, einzu-
springen?"

Uri nickte.

„Und er hat wirklich geglaubt, ich würde das
tun?" Paul war fast sauer.

„Stopp. Du denkst in die vollkommen falsche
Richtung. Er stand oder steht vor der Wahl,
Dich vielleicht ganz zu verlieren oder nur für
eine Nacht. Noch dazu mit jemandem, den
er ausgewählt hat."

„Was geht nur in seinem Kopf vor? Selbst
wenn es *keinen* Sex mehr gäbe, auch recht.
Ich bleibe trotzdem bei ihm."

Uri lächelte.

„Genau diesen Satz hat er vorausgesagt. Ihr
zwei seid ein Doppelhirn. Dann lege ich mich
jetzt hin. Und nichts für ungut. Übrigens:
knackiger Hintern für 53!"

„Raus hier!" Paul lachte.

Das war surreal, dachte Paul.

War es mangelndes Vertrauen oder andererseits eines der größten Zeichen von Liebe, die
es geben kann?

Er ging nach oben und öffnete leise die
Schlafzimmertüre. Paul wusste genau, dass
Angelos nicht schlief.

Er rutschte zu ihm hinüber und flüsterte ins Ohr:
„Erleichtert, dass ich so schnell da bin?"

„Sehr" hörte er leise. „Ich wollte …"

„Pssst. Ich habe es schon richtig verstanden. Keine Sorge. Du bist zwar ein Idiot aber wenigstens mein Idiot!

Und dass wir keinen Sex machen können stimmt ja gar nicht. Zwar bekomme ich wenig ab, aber das heißt ja nicht …"

Und Paul kroch unter die Decke.

Zehn Minuten später sagte Angelos:

„Gott war das schön. Du bekommst alles zurück, das verspreche ich Dir. Leider kommt noch eine Operation. Aber danach …"

Stimmt. Es fehlt noch die OP wegen der Prothese.

„Und dann lassen wir es richtig krachen. Ich möchte noch einmal zu Richter Mantzaris."

„Bitte nicht!", sagte Paul.

„Ach übrigens: ich glaube, Uri steht tatsächlich mehr auf Dich als auf mich. Das ist doch nicht zu glauben!"

Angelos zog eine nicht ernstgemeinte Schnute.

„Sei still. Jeder auf dieser Insel himmelt Dich an und bekommt einen Tropfen in der Hose, wenn er Dich ansieht. Dann lass mir doch diesen einen Triumph, dass wenigstens einer nach mir schaut."

„Verstehen tue ich es nicht", sagte Angelos und fing an zu lachen.

„Mein alter Mann", sagte er und küsste Paul.

„Der alte Mann hat sich in Beirut und Bengasi ganz gut geschlagen für sein Alter!", entgegnete Paul.

„Das hat er wirklich. Mein Held!"

Nach einer kurzen Pause sagte Angelos.

„Findest Du nicht, dass wir uns bei Uri bedanken sollen?"

„Du meinst ein Geschenk?"

„Im übertragenen Sinne, ja!"

Da begriff Paul, was Angelos meinte.

Und war zunächst still.

Der Gedanke, Angelos zu teilen, war nicht zu ertragen.

„Ich weiß nicht ..."

„Ich meine nur mit dem Mund. Mehr kann ich eh nicht."

„Dein Hintern bleibt aber verschlossen!", sagte Paul.

Angelos lachte und sagte: „Den hast Du längst geöffnet! Und der bleibt auch Deiner!"

„Ich überlege es mir."

„Deine freie Entscheidung. Ich glaube, er legt mehr Wert auf Deinen Mund als auf meinen!"

44

Die neue Passagierliste war eingetroffen. Paul saß in der Hafenverwaltung eine geschlagene halbe Stunde. Uri war die ersten Stunden vollkommen verunsichert.

Paul ging zu ihm hin und sagte: „Es ist alles gut, Uri! Niemand nimmt Dir etwas krumm. Im Gegenteil!"

Uri nickte erleichtert.

„Die näheren Verwandten waren zum Tatzeitpunkt alle in Israel. Geschäftspartner auch. Er hatte immer noch ein kleines Ledergeschäft in Jerusalem. Seine Nachbarn sprechen nur gut über ihn. Alles überprüft!", sagte Uri.

„Seine Frau?"

„Ist auf dem Weg nach Hause. Sie hat sich aber bitter beklagt über ihre Behandlung hier."

„Das kann ich mir vorstellen. Angelos hat mir schon den Kopf gewaschen."

„Haben wir einen Lebenslauf?"

„Klar. Geboren 1928 in Krakau. 1938 als Kind nach Palästina ausgewandert, rechtzeitig bevor die Nazis in Polen einmarschierten. In Palästina arbeitete er für die jüdische Einwanderungsbehörde. Nach dem Krieg mussten aber auch die Juden betreut werden, die in ihre Heimatländer zurückwollten. Er ging nach

Saloniki, um die Rückkehr der paar griechischen Juden zu organisieren. In Saloniki …"

„Ich kenne die Geschichte der Juden in Saloniki. Bei einem früheren Mordfall spielte das eine Rolle." (Anm: Jenseits von Mykonos) Uri fuhr fort.

Er blieb drei Jahre und kam dann wieder zurück. Seitdem: nichts. Er eröffnete das Geschäft. Ende."

„Super, Uri. Du hast mir sehr geholfen", sagte Paul.

Uri verstand nur Bahnhof.

Paul rief „Kostas!"

Der Hafenmeister kam. „Ich weiß schon, Liste, Kalafati und Angelos. Hoffentlich heilen seine Eier bald!"

Paul kniff die Augen zusammen.

„Ist ja schon gut."

Kostas trollte sich.

Paul und Uri gingen an Bord des Schiffes. Kaum durch die Seite ins Schiff gelangt, hörte er schon das Pöbeln des Kapitäns. Italiener. Kurz erwog er, das Schiff versenken zu lassen. Paul konnte Italiener auf den Tod nicht ausstehen. Wie die meisten Griechen. Schließlich waren es die Italiener, die Griechenland im Zweiten Weltkrieg angriffen und nicht die Deutschen. Hitler hatte nie

Interesse an Hellas gezeigt, musste seinem Kumpanen Mussolini aber helfen.

„Meine Gesellschaft verklagt Sie!"

„So? Ich kann Ihr Schiff noch zwanzig Tage hier festhalten, und wenn Ihr Botschafter im Viereck springt", brüllte Paul.

„Ich kann auch das Schiff auf Drogen durchsuchen lassen und dann wandert ein Drittel Ihrer Mannschaft in den Knast!"

Die zwei Hitzköpfe starrten sich wütend an. Dann lächelte Paul.

„Die Aufregung ist ganz umsonst. Sie können ablegen. Raus aus meinem Hafen!"

45

Wieder zuhause telefonierte Paul mit Yannis im Büro.

„Hör zu. Gib die Passagierliste an sämtliche Flughäfen entlang der Route. Sind glaube ich nur drei. Nicht dass einer das Schiff verlässt und … Du hast mich verstanden!"

„Gott sei Dank ist Yannis heller als Giorgos!" Sein früherer Assistent.

„Warum hast Du sie fahren lassen?", fragte Uri.

„Weil sich der Verdächtigenkreis drastisch reduziert hat", sagte aber Angelos.

„Wie das?"

„Schau Dir die Liste an. 768 Amis, 887 Deutsche, 246 Italiener, 304 Briten."

„Ja und?", fragte Uri.

„Angelos meint, Du musst weiter unten schauen", sagte Paul.

Uri schaute auf die Liste:

„Bulgaren 4, Israelis 4, Griechen 6. Ich verstehe immer noch nichts. Die vier Israelis?"

„Die sollst Du schon überprüfen. Aber das Entscheidende sind die sechs Griechen. Denk nach, Uri! Warum sollte ein Grieche eine Kreuzfahrt durch die Ägäis machen? Würdest Du eine Israel-Rundfahrt buchen?"

„Nein. Sicher nicht. Kenne ich ja alles."

„Eben. Und wenn ein Grieche nach Mykonos oder Santorini will, fliegt er für 29 Euro mit Ryanair und bucht nicht für 2000 Euro ein italienisches Luxusschiff", sagte Angelos.

„Gut, ob er dann an dem betreffenden Tag auch ankommt, ist fraglich. Ist der Pilot Kasache, kann es sein, dass er Mykonos und Santorini verwechselt."

Paul und Angelos lachten.

„Also stehen die 6 Griechen unter Verdacht?"

„Nein. Bei zweien wissen wir, dass sie in Deutschland geboren sind und noch nie in der Ägäis waren, fallen also weg."

Paul macht sich einen Espresso.

„Zwei sind 18 und 19. Zu weit weg vom Alter des Opfers. Somit bleiben zwei.

Er zeigte auf die Liste:

Apostolos Dimitri Papadopoulos
Dimitri Nitram Stojkovich.

„Der Letzte ist doch kein Grieche", sagte Uri.

„Doch. Die Grenze zwischen Griechenland und Bulgarien hat sich drei Mal verschoben. Thessaloniki war mal bulgarisch. Es gibt viele Griechen mit bulgarischen Namen, obwohl sie waschechte Griechen sind, also hier geboren. Schau nicht so, Uri. Es ist nur eine Theorie, die auf Intuition beruht."

„Aber Herr Kommissar Markaris liegt damit oft richtig. Über die 6 Griechen hatte ich mich auch gewundert", meinte Angelos.
Uri lachte.
„Ich hätte die 4 Israelis verhaftet."
„Deswegen arbeitest Du auch beim Mossad und nicht bei der Kripo."

46

In der folgenden Nacht erwischte es Paul.
Es brach alles aus ihm heraus. Beirut. Bengasi.
Und der sonstige Druck, den er sich wegen
Angelos machte.
Erst wälzte er sich unruhig im Bett und schlug
um sich. Dann murmelte er zunächst, dann
kam das Schreien. Er hörte „Loukas" und
wusste, es war die Vergewaltigung, die sich
ihren Weg durch das Gehirn pflügte.
In den Arm nehmen half nichts.
Angelos stand auf und ging zu Uris Zimmer.
„Es ist so weit. Paul flippt aus!"
Uri und Angelos gingen hinüber ins Schlaf-
zimmer.
„Es ist nicht nur Bengasi, es ist die Vergewal-
tigung", sagte Angelos. „Bleib Du bitte hier
und pass die nächsten zwanzig Minuten auf
ihn auf!"
Uri schaute ihn entgeistert an.
„Und wo willst Du hin?"
„Ich muss Joggen. Dauert 20 Minuten."
Bengasi muss doch einiges im Hirn verscho-
ben haben, dachte Uri.
„Du gehst jetzt Joggen?"
„Ich muss. Frag einfach nicht."
So saß Uri an Pauls Seite am Bett. Was sollte er
sagen, wenn er aufwacht? Sollte, konnte er

Paul in den Arm nehmen? Verfluchter Angelos!

Schon nach 15 Minuten war Angelos zurück. Heftig atmend. Und schwitzend.

„Und?", fragte er.

„Unverändert. Er schreit immer wieder. Mitunter Deinen Namen", sagte Uri.

Angelos riss sich die Kleider vom Leib und kroch ins Bett. Paul lag auf der Seite. Ideal. Angelos schmiegte seinen nassen Körper an Pauls und küsste ihn. Und man merkte, wie Paul begann, sich zu entspannen.

Dann schob er vorsichtig den Kopf zu sich herüber.

„Au, verflucht!" Er hatte sich den Hoden zwischen den Beinen verklemmt.

„Was hast Du vor?", fragte Uri leise, aber Angelos sagte nichts.

Er hob seinen Arm und legte die schweiß-nasse Achsel auf Pauls Gesicht, besser gesagt die Nase. Und plötzlich atmete Paul tief und kräftig ein. Wurde ruhiger. Der vollkommen verkrampfte Körper entspannte sich.

„Was zum Teufel sollte das?", flüsterte Uri Angelos ins Ohr.

„Paul liebt nichts so sehr wie meinen Geruch. Manchmal glaube ich, Achsellecken ist ihm lieber als normaler Sex. ‚Wie Opium-Rauchen' sagte er einmal."

Angelos lachte leise.

„Mit euch erlebe ich Sachen, die ich sonst nie geglaubt hätte, Wahnsinn!"

Angelos schlug die Decke zurück und küsste Pauls Bauch.

Oh Gott, dachte Uri, wenn es so weitergeht wie in der Dusche … Aber eigentlich will ich nicht gehen.

„Du brauchst nicht dableiben, Uri!"

„Ich würde aber gerne. Wenn ich darf."

Und Angelos nickte lächelnd.

„Aber Du musst leider draußen bleiben. Das ist nämlich meiner! Aber wir haben noch eine Überraschung für Dich. Nur nicht heute!"

47

„Ich fühle mich wie neugeboren", sagte Paul
am Frühstückstisch.
Uri und Angelos prusteten los.
„Was lacht ihr denn?"
Sie lachten weiter, bis die Tränen kamen.
Paul schüttelte den Kopf.
Ich habe anscheinend was verpasst? Hatten
die beiden etwa? Nein, Paul. Stopp. Niemals.
Streichen.
Er griff zum Handy und rief Yannis im Büro an.
„Markaris. Jassas. Hör zu. Wo ist das Schiff im
Moment? Zwischen Santorini und Kreta? Wie
viele Stunden vor … Du sollst auch nur
schätzen … Vier, fünf Stunden? Das reicht!
Du rufst die Polizei in Heraklion an. Sie müssen
am Kai sein und zwei Personen in Gewahrsam
nehmen. Die Namen sind Apostolos Dimitri
Papadopoulos und Dimitri Nitram Stojkovich.
Genau. Nicht verhaften. Sie freundlich bitten
mitzukommen. Ansonsten werden sie in
Handschellen durch alle drei Klassen geführt.
Sinn verstanden? Gut. Die Polizei soll sie dann
in einen Flieger nach Mykonos setzen. Was?
Dann halt über Athen, Herrgott! Und zwei
müssen zur Begleitung mit! Und ja nichts
vergessen! Kapiert?"
Paul spürte Angelos´ Blick.

„Und Yannis? Danke! Und Du hast mich gut vertreten!"

Am anderen Ende der Leitung wusste Yannis nicht wie ihm geschah. Noch nie hatte ihn Pandis – oder jetzt Markaris – gelobt. An den neuen Namen konnte er sich nicht gewöhnen. Aber offensichtlich hatte Angelos einen guten Einfluss auf Paul.

Das musste er unbedingt Richter Mantzaris erzählen. Das Ereignis war spektakulärer als die Mondlandung.

In Kalafati sagte Angelos nur „Brav!"

„Und lernfähig", entgegnete Paul.

„Vielleicht hat er eine Belohnung verdient", meinte Uri.

„Die hat er gestern schon bekommen", sagte Angelos und wieder lachten beide.

Belohnung? Gestern? Paul verstand nichts.

„Blöde Bande!"

48

Die zwei Herren aus Kreta würden erst am
nächsten Morgen auf Mykonos eintreffen.
Es gab schlicht keinen Anschluss mehr von
Athen – oder besser gesagt, die
Spätmaschinen waren alle ausgebucht.
Dauerproblem auf Mykonos. Zu wenig Flüge,
zu kleiner Flughafen, zu kleine Insel.
In den Achtzigern hatte man begonnen, ins
Meer hinauszubauen. Riesige Betonflächen
auf Stelzen, auf denen zwischen Altstadt und
Hafen eine Art zweites Zentrum mit Shops
entstehen sollte. Als das Geld ausging, war
Schicht im Schacht. Heute wird der Schand-
fleck als Parkplatz benutzt, aber nur von
wenigen, da es sowohl zum Zentrum als auch
zum Hafen schlicht zu weit war.

Also: die Befragung findet erst morgen statt –
oder besser übermorgen. Er würde sie noch
einen Tag schmoren lassen. Natürlich im
Hotel, nicht im Gefängnis, denn er hatte
keinen Haftbefehl, sondern nur ein paar krude
Theorien im Kopf. Und die würden Richter
Mantzaris nicht ausreichen.
So saßen die Herren auf dem Balkon und
genossen den Sonnenuntergang und den
Blick auf das selten glatte Meer der Ägäis.

Kein Wind regte sich. Auf Mykonos, der Insel des Windes eine Seltenheit.

Paul drehte sich zu Uri.

„Ich brauche von Dir - oder besser aus Israel - noch eine Information. Wenn es die noch gibt. Aber Ihr seid recht gründlich, was eure Geschichte angeht. Ich brauche die Adresse des Opfers, als er damals in Thessaloniki war. Wichtiger noch: er ist damals bestimmt mit dem Schiff nach Hause, also nach Israel, gefahren. Ich brauche die Route und die Zwischenstationen."

Uri schaute ihn fragend an.

„Aber das ist fast hundert Jahre her!"

Er bemerkte seinen Irrtum. „Ok, siebzig!"

„Genau deswegen!" Paul grinste.

„Frag nicht, Uri. Wir bekommen eine Zusammenfassung – hinterher", sagte Angelos lachend.

„Commissario Mysterioso", meinte Uri.

„Und dann muss ich auf den einzelnen Stationen ein paar Gespräche führen. Oh, und ich muss mit der Witwe noch einmal sprechen", sagte Paul.

„Oh Gott. Bitte nicht. Das mache ich. Und Du schreibst mir die Fragen auf. Sonst stirbt uns die Frau womöglich noch", sagte Uri.

„Ich bin doch kein Witwenkiller", protestierte Paul.

„Das letzte Mal hast Du es fast geschafft. Die arme Frau!", sagte Angelos, „auch Du wirst einmal 78. Dann bin ich 53 und gehe bestimmt rücksichtsvoller mit Dir um."
Paul traf fast der Schlag. Hatte er gerade gesagt, dass er noch da ist, wenn ich 78 bin? Über das Alter hatten sie wohlweislich bisher fast nie gesprochen.
„Ach, Paul. Mach mir nichts vor. Du hast Dich gerade gefragt, ob ich mit 53 noch bei Dir bin, oder?"
Paul schaute entgeistert.
„Du bist doch der Teufel!"
„Nein. Angelos kommt von Engel. Schon vergessen?"

Kurz nach elf gingen die drei nach innen. Paul brachte die Tassen in die Küche und Uri wollte noch einen kleinen Happen.
„Wollen wir?", fragte Angelos mit einem Lächeln.
„Von mir aus", sagte Paul.
„Wollen wir was?" Uri stand an der Spüle und drehte sich um.
Angelos und Paul kamen näher.
„Wir möchten uns beide bei Dir bedanken", sagte Angelos.
Sie begannen, Uri an der Brust zu streicheln. Und dann waren die vier Hände und zwei Zungen fast überall.

„Was zum Teufel …" Dann schloss Uri die Augen. Er merkte, wie ihm die Hose geöffnet wurde. Alle Stellen seines Körpers meldeten eine sinnliche Wahrnehmung ungeahnten Ausmaßes.

„Sollen wir beide oder nur Paul?", fragte Angelos.

„Bitte beide." Es war fast ein Flehen. Und so taten Angelos und Paul alles, was man mit dem Mund so anstellen kann. Das Ergebnis war ein regelrechter Wasserfall und ein lauter Schrei. Noch mit heruntergelassener Hose setzte sich Uri auf den Stuhl und vergrub den Kopf hinter den Armen.

Angelos schaute fragend.

„Hat es Dir nicht gefallen?"

„Bist Du verrückt? Es war …"

„Dann lagen wir doch richtig mit unserem Geschenk", sagte Paul.

„Es muss Dich Überwindung gekostet haben, Angelos mitmachen zu lassen. Ich weiß das zu schätzen!!"

„Hat es. Aber ein anderes Geschenk fiel mir nicht ein. Aber es war einmalig und ab jetzt heißt es wieder …"

„Finger weg von Angelos", sagte Uri.

„Oder eher von Paul, glaube ich", sagte Angelos.

„Ihr zwei seid einfach beide irre. Und passt deswegen so gut zueinander."

Dann seufzte er.

„Wie soll ich das meiner Frau erklären? Mein Leben wird richtig kompliziert!"

Paul lächelte mitfühlend.

„Es wird anders. Aber es wird heller. Glaube mir!"

49

Am nächsten Morgen saßen Apostolos Dimitri Papadopoulos und Dimitri Nitram Stojkovich im Nebenzimmer von Miguels Hotel. Und bekamen fast keine Luft. Yannis hatte sie bei „Eleni´s" untergebracht, unten in der Altstadt. Miguels Hotel lag oben am Hügel am Ende der wohl steilsten Straße von Mykonos. Der Taxizentrale hatte Paul mitgeteilt, sie dürften keine Fahrt zu Miguels Hotel oder ab „Eleni´s" durchführen.

Die Herren sollten erschöpft am Verhörort ankommen.

„Fies" sagte Uri lächelnd.

„Effizient."

Paul und Uri betraten den Raum.

„Guten Morgen die Herren!"

Und beide pöbelten – wenn auch unter Atemnot – sofort los.

„Ich verklage Sie wegen entgangener Urlaubsfreude!", rief der eine.

„Für den Mord kann die Polizei nichts. Da müssen Sie schon den Mörder verklagen. Also Klappe halten und setzen."

„Paul", sagte Uri nur.

„Bitte setzen Sie sich und beantworten einfach meine Fragen. Je eher wir das hinter uns bringen, desto eher sind Sie wieder zurück in Heraklion und können Ihre Reise fortsetzen!"

„Die Reise endet in Heraklion, das wissen Sie ganz genau!"

„Ach ja! Stimmt. Na, dann verpassen Sie ja nichts." Paul grinste.

„Nun, Herr Papadopoulos, erzählen Sie mal. Wie war denn Ihre Reise?"

„Bitte?"

„Sie sollen von Ihrer Reise erzählen. Vom Boarding über die erste Station bis hierher nach Mykonos!"

„Und was hat das mit dem Mord zu tun?"

„Das lassen Sie mal meine Sorge sein", sagte Paul. „Also?"

Und er ließ Herrn Papadopoulos reden. Uri fragte sich, was sich Paul von der Schilderung von Ausflügen oder Abläufen auf einem Kreuzfahrtschiff versprach.

Nach zehn Minuten sagte Paul: „Danke!"
Ohne weiteren Kommentar.
„Und nun zu Ihnen, Herr Stojkovich!"
„Ich denke nicht daran, meine Zeit derart zu
verschwenden. Ich will jetzt wissen, was man
mir vorwirft, ansonsten gehe ich!"
„Sie gehen nirgendwo hin!"
„Haben Sie einen konkreten Vorwurf?"
„Ja", sagte Paul. Bei der Durchsuchung Ihres
Zimmers im „Eleni´s" haben wir Drogen
gefunden!"
„Das ist lächerlich. Ich habe noch nie …"
„Das ist mir egal. Es reicht, um Sie noch ein
paar Tage hierzubehalten. Also erzählen Sie!
Los!"
Und nach langem Zögern begann Stojkovich
zu berichten. Selbst Uri schlief fast ein.
Am Ende meinte Paul: „Herr Papadopoulos,
meine Kollegen fahren Sie ins Hotel. Sie
können gehen, wohin auch immer."
Plötzlich brummte Pauls Handy.
Angelos. „Großer, was gibt´s?"
„Nein. Sag´s mir!"
Paul lächelte.
„Ich sage doch, Du bist der zweitbeste
Kommissar der Welt!"
„Weil ich es heute Morgen selbst gesehen
habe!"
„Trotzdem gute Arbeit. Und ich liebe Dich!"

Und Uri bemerkte wieder einmal, wie sanft und entspannt Pauls Gesichtszüge wurden, wenn er nur mit Angelos *sprach*.

„Herr Stojkovich, Sie sind verhaftet wegen des Mordes an Herrn Goldstein!"

„Sie sind vollkommen irre! Warum durfte der andere gehen?"

„Weil er zwar in Athen wohnt, aber einen breiten Dialekt aus Epirus spricht. Sie hingegen kommen aus Naxos. Und das ist deutlich zu hören. Das ist zwar nicht weit weg, aber so manche Ausdrücke verwendet man hier auf Mykonos nicht!"

„Ist Dialekt jetzt strafbar?"

„Nein. Aber Mord. Also: entweder Sie erzählen jetzt, dann kommen Sie nach 15 Jahren raus. Oder aus den 100g in Ihrem Zimmer werden zehn Kilo. Plus den Mord. Dann sitzen Sie bis zum Lebensende. Ihre freie Entscheidung!"

Uri flüsterte Paul ins Ohr: „Die Drogen gibt es nicht, oder?"

„Doch. Die liegen aber in meiner Asservatenkammer!"; antwortete Paul.

Uri drehte sich weg und lächelte.

Das war effektive Polizeiarbeit. Wenn auch auf ungewöhnliche Art. Einen Teil hatte er auch dazu beigetragen.

„Er hat es verdient. Er war ein Schwein!"

Na, da haben wir es, dachte Paul.

„Er kam 45 nach Thessaloniki, um die Wiederansiedlung der Juden zu organisieren, die die KZ überlebt haben. Viel waren es ja nicht. Darunter war auch meine Mutter. Sie hat sich in das Schwein verliebt und schwängern lassen. Dann musste er nach Naxos. Auch dorthin wollten ein paar Juden zurück. Meine Mutter war dabei und hatte dann ihre Niederkunft."

„Das waren Sie!"

„Ja. Und er hatte ihr versprochen, uns mit nach Palästina zu nehmen. Aber eines Tages hat er einfach die Fliege gemacht. Über Nacht war er weg. Meine Mutter war am Boden zerstört. Er war die Liebe ihres Lebens, sagte sie immer!"

Stojkovich schnaubte verächtlich.

„Sie hat ihn natürlich gesucht. Aber 48/49 war das in Israel unmöglich. Die ganzen Einwanderer, dann der erste Krieg. Sie hat ihn nicht gefunden!"

Paul schaute zu Uri und der nickte.

„Wir saßen fest auf dieser elenden, bettelarmen Insel. Es gab nichts, keine Arbeit!"

„Aber Ihre Mutter liebte ihn noch immer. Und erst vor Ihrem Tod erzählte sie Ihnen die Geschichte. Und Sie wollten dann nicht etwa ihre Mutter rächen, sondern ihm die 60 Jahre eigener Armut heimzahlen. Sie haben herausgefunden, wo er wohnt, dass er auf Kreuzfahrt ging, der Rest ist bekannt."

„Wie kamen Sie auf mich?"

„Die Liebe hinterlässt oft Spuren. Auf der ersten Passagierliste stand nur der erste Vorname. Dann kam die zweite. Mit beiden Vornamen!"

„Ja und? Beides sind bulgarische Vornamen!"

„Schon! Aber Ihre Mutter wollte an ihre große Liebe erinnern. Und rückwärts gelesen heißt Ihr zweiter Vorname „Martin!" Sie haben ihn zwar auf dem Pass streichen lassen. Aber auf Ihrer Geburtsurkunde blieb er!"

50

Paul saß teilnahmslos am Tisch.

„Mein Gott, Paul. Dich knipst es ja richtig aus, wenn Angelos nicht da ist. Es sind drei Tage und es ist eine harmlose Operation. Danach könnt ihr wieder richtig Sex haben. Also wenn die Wunde verheilt ist. Zwei Wochen. Maximal. Eigentlich ein Grund zur Freude!"
Paul lächelte gequält.

„Du hast ja recht, Uri. Ich kann nicht aus meiner Haut. Ich habe es zwar versprochen, mich zusammenzureißen, aber ich schaffe es nicht. Bei Dir brauche ich mich nicht zu verstellen."

„Nein, brauchst Du nicht. Und ich kann es voll verstehen. Er ist ein ungewöhnlicher Mensch! Etwas ganz Besonderes!"

„Ja, das ist er!"

Das Handy brummte. Verflucht.

„Hier Miguel. Paul? Die Libyer sind wieder da. Kostas hat mich angerufen. Nächste Woche setzen die Lieferungen wieder ein. Und der Typ sagte noch, sie wollten sich etwas zurückholen!"

Paul erstarrte. Angelos. Mist.

Natürlich. Sie greifen in Athen an. Nicht hier, wo man vorbereitet ist.

„Danke, Miguel. Ich muss Schluss machen."

„Uri, pack Deine Sachen. Mit Waffen. Sie wollen sich Angelos krallen. Im Krankenhaus!"

Und Uri reagierte schnell und ohne Fragen. Paul rief Nikos an.

„Hallo, Paul. Wann schießt Du wieder auf mich?"

„Keine Zeit für Scherze. Die Libyer wollen Angelos. Und der liegt in Athen im Krankenhaus. Ich und Uri kommen in drei Stunden. Aber bis dahin…"

„ …kümmere ich mich drum. Ich fahre gleich selbst hin. Wir treffen uns dort!"

Wie soll ich die drei Stunden bis Athen überstehen? Eine Stunde am Flughafen. Und wenn die Maschine nicht pünktlich kommt?

„Nikos, bitte schick mir einen Hubschrauber. BITTE!"

„Ok. Fahr zum Airport."

51

Die Zeit im Hubschrauber und im SUV zum
Krankenhaus erlebte Paul wie in Trance.
Während des Fluges griff Uri nach seiner Hand
und hielt sie bis zur Landung. Eine ungewöhnliche Geste, für die Paul aber sehr
dankbar war.
Im Krankenhaus kam ihnen Nikos entgegen.
„Angelos ist gerade in den OP gefahren
worden. Ich dachte mir, es ist besser, wenn er
es nicht erfährt. Ich musste schnell entscheiden und die erste Narkose hatte er schon."
Paul nickte.
Die ganze Klinik ist voller OPKE-Leute. Ich
habe fast alle in Klinikkleidung stecken lassen.
Außen ist auch alles gesichert. Hoffentlich
nicht zu auffällig. Ich würde sie gerne
schnappen, verstehst Du?"
„Aber bitte diesmal, ohne dass mein Mann
noch einen Hoden verliert! Kein Risiko. Er ist
kein Lockvogel für Dich!"
„Er ist ohnehin ein Lockvogel. Ob wir es wollen
oder nicht. Ich weiß zwar nicht, warum sie
Dich ausnehmen. Wahrscheinlich haben sie in
Bengasi gar nicht mitbekommen, wer Du
bist."
„Das glaube ich kaum", meinte Uri.

„Es ist einfach eine demütigende Niederlage gewesen. Und die wollen sie korrigieren. Deswegen Angelos. Armer Kerl! Wir müssen sie endgültig neutralisieren!"

„Richtig. Zeit für einige Deiner Augenschüsse, Paul. Aber erst, wenn ich draußen bin", sagte Nikos.

Ich hätte ihn vielleicht doch nicht tasern sollen, dachte Paul. Man sieht sich immer zwei Mal.

„Noch eins, Paul. Als ich alles dem Oberarzt erzählt habe, hat der zu mir gesagt: ‚Das glaube ich sofort, dass jemand diesen Irren umbringen will. Der hat doch nicht alle Tassen im Schrank‘!' Weißt Du, was er damit gemeint haben könnte?"

„Nein, aber sei so gut und führe mich zu diesem Oberarzt", sagte Paul.

„Einen Teufel werde ich tun. Du schießt dem womöglich ins Gesicht. Hast Du eine Waffe dabei?"

Paul lächelte. „Ich habe den Taser und Uri das große Kaliber!"

„Wenn Du wieder mich triffst, schicke ich Angelos nach Papua-Neuguinea. Hätte ich schon beim letzten Mal tun sollen", raunzte Nikos.

„Können wir uns bitte darauf konzentrieren, meinen Mann zu schützen?"

„Ich habe eine Idee", sagte Uri plötzlich. Er nahm Paul zur Seite. Der nickte ein paar Mal. Dann sagte er zu Uri.

„Wenn das funktioniert, bekommst Du vielleicht noch einmal eine gemeinsame Mundbehandlung von Angelos und mir!"

Er ging zu Nikos und sagte:

„Uris Idee: Der Chef soll über die Anlage die Anweisung geben, dass alle – ausnahmslos alle – die Infektions-Überzieher für die Schuhe anlegen sollen. Und zwar innerhalb der nächsten zehn Minuten. Wer im OP ist, bekommt sie von einer Schwester verpasst. Vollzugsmeldung innerhalb zehn Minuten. Keine Nachfragen. Gilt auch für alle Ärzte. Erklärung später. Ist eine clevere Idee!"

Nikos nickte.

„Kein Nachteil, wenn der Mossad an Bord ist. Ich spreche sofort mit ihm. Hoffentlich sind sie noch nicht da."

„Und wenn? Dann fällt beim Verteilen sofort auf, dass die nicht hierhergehören."

Fünf Minuten später war die laute Stimme des Chefarztes zu hören. Die Betonung lag auf „sofort" und auf „keine Nachfrage".

Um sie herum begann das große Wuseln. Es schauten zwar alle ungläubig, und moserten, aber zehn Minuten später waren nur noch Menschen mit blauen Überziehern zu sehen.

Aber wann schlagen sie zu? Das ist die Krux bei jeder polizeilichen Aktion. Es kann in der nächsten Sekunde passieren. Oder in drei Stunden. Oder in drei Tagen. Und niemand kann die Aufmerksamkeit auf höchster Stufe halten, je mehr Zeit vergeht. Die Männer (und Frauen) werden müde, hungrig, müssen auf die Toilette. Für einen kompletten Austausch der Männer fehlt das Personal.

Also: je früher, desto besser.

Alle, die nicht zum Personal gehörten, mussten in ein separates Zimmer, dort ein Anmeldeformular ausfüllen und wurden dort nach Waffen durchsucht. Besucher wurden abgewiesen wegen „drohender Infektions-gefahr".

In der Kommandozentrale auf Angelos´ Etage herrschte gespannte Ruhe.

„Wo ist Paul?", fragte Nikos.

„Sitzt auf einem Stuhl vor dem OP", antwortete Uri.

„Die zwei sind …", begann Nikos.

„… ganz außergewöhnliche Menschen. Ich wollte, es gäbe mehr davon", lautete Uris Antwort.

„Zwei Männer von der Wäscherei", hörte man über die Headphones.

Die Wäscherei. Der Klassiker.

„In den Sonderraum. Und Vorsicht!"

Es war aber ein Fehlalarm. Der Hausmeister bestätigte die Identität.

„Schade", war Nikos´ Kommentar.

Alle zehn Minuten kam eine neue Warnmeldung, aber es war jedes Mal falscher Alarm.

„Hoffentlich habe sie die zusätzlichen Leute und das Gewimmel nicht abgeschreckt. Dann hätten wir zwar den Anschlag verhindert, aber sie wären wieder entkommen", meinte Nikos.

„Und könnten jederzeit wieder zuschlagen", ergänzte Uri. „Dann hätten Paul und Angelos nie ihre Ruhe!"

Nikos wunderte sich über die emotionale Nähe Uris zu den beiden. Wahrscheinlich hatte Bengasi alle Beteiligten zusammengeschweißt. Außer Nikos und Paul. Dessen Elektroschock würde er ihm so schnell nicht vergessen. Tatsächlich zuckte Nikos´ linkes Bein noch Tage nach der Attacke.

Aber Nikos wusste nicht, dass der Schuss keineswegs ein Versehen war, sondern dessen Rache an Nikos, weil er Angelos in solche Gefahr gebracht hatte.

„Drei Männer für die IT".

„Sonderraum. Und in der IT nachfragen", sagte Nikos.

Plötzlich sagte Uri: „Mist". „Leute, schaut auf die Finger. Ob klobig oder feingliedrig. Bei ersterem Zugriff!"

„Was soll...", wollte Nikos fragen, als man schon Kampfgeschrei und sonstigen Lärm vernahm.

„Männer in Gewahrsam. Waffen in Aktentaschen", meldete eine Stimme.

„Wie bist Du ...", fragte Nikos.

„Kennst Du eine Computerfirma, die drei Techniker schickt? Und IT-Leute haben andere Hände als grobe Schläger. Leute, die die Drecksarbeit machen, haben meist entsprechende Hände oder Finger", sagte Uri.

„Ich gehe zu Paul und gebe Entwarnung!"

Die drei Libyer (oder was sie auch immer waren) saßen in einem Kellerraum, bewacht von OPKE-Männern.

Paul fragte Nikos: „Kann ich rein und sie mir ansehen?"

„Klar. Du hast ja nur den Taser."

Vier Stockwerke weiter oben traf Nikos Uri. „Wo ist Paul?"

„Unten bei den Libyern. Keine Sorge. Er hat nur den Taser!"

Uri schüttelte den Kopf. „Den hat er gerade getauscht!"

„Mist.." sagte Nikos und wollte gerade etwas über das Headset brüllen, aber da hörte er schon zwei Schüsse. Und eine zerberstende Glasscheibe.

„Ich glaube, der Augenkiller hat wieder zugeschlagen", sagte Uri lächelnd.

„Und ich kann ihn verstehen!"

Nikos schaute grimmig.

„Ja, weil Du den Dreck nicht wegräumen musst. Vor allem musst Du die Augenschüsse nicht erklären."

52

„Bevor Sie zu ihm dürfen, muss ich noch ein paar Worte mit Ihnen wechseln, Herr Markaris!"
„Natürlich, Herr Chefarzt", sagte Paul.
„Ich hatte eine größere Auseinandersetzung mit Ihrem Mann."
„Aber Angelos ist die Freundlichkeit in Person!"
„Es war auch nichts Persönliches, sondern …"
Er holte tief Luft.
„Sie wissen, dass wir Ihrem Mann ein Implantat einsetzen mussten als Ersatz für den verlorenen Hoden. Gut. Leider war aber auch am Hodensack ein Teil des Gewebes abgestorben."
Paul erbleichte.
„Oh Gott. Sie haben ihm auch noch den zweiten Hoden entfernen müssen?"
„Nein. Beruhigen Sie sich. Ich meinte, wir mussten auch die Außenhaut, also den Sack, teilweise durch künstliches Gewebe ersetzen."
Paul versuchte sich das Ganze bildlich vorzustellen.
„Nun, meine Auseinandersetzung bezog sich darauf, dass er hinsichtlich der Ausarbeitung einen außergewöhnlichen Wunsch hatte, den

ich strikt abgelehnt habe. Er war aber nicht davon abzubringen. Aber die Kosten dafür übernimmt die Versicherung nicht. Und die Farbgebung. Also: das wird teuer. Ich bin mir nicht ganz sicher, ob Ihr Mann geistes-krank ist oder..."

Paul verstand nun überhaupt nichts mehr.

„Bevor Sie mich noch ganz verwirren: wird alles wieder in Ordnung kommen. Ich meine dauerhaft?"

Der Chefarzt lachte lauthals.

„Dauerhaft?? Köstlich. Ja, das ist es bestimmt!"

Kichernd entfernte er sich.

Paul klopfte und betrat das Zimmer.

„Hallo, Großer!"

Ihm wurde warm ums Herz. Angelos sah gut und gesund aus. Er hat keine Ahnung, in welcher Gefahr er schwebte und das würde er erst erfahren, wenn Paul es für richtig hält. Nicht heute.

Paul küsste Angelos.

„Hast Du Schmerzen?"

„Überhaupt nicht. Es war ja nur Haut. Das ist in zwei Wochen alles gegessen. Und dann können wir endlich wieder ...!"

„Du möchtest heute also nicht in den Beicht-stuhl?", fragte Paul grinsend.

Angelos lachte.

„Nein. Die zwei Wochen halte ich locker durch!"

Er muss noch unter Medikamenten stehen. Er hatte ein Dauergrinsen im Gesicht.

„Du führst doch irgendwas im Schilde, Großer!"

„Möchtest Du die Wunde sehen?", fragte Angelos.

„Nicht unbedingt", meinte Paul.

„Ich denke schon! Es wird eine tolle Überraschung!"

Er zog die Bettdecke herunter und das OP-Hemd hoch.

Und Paul Markaris traf fast der Schlag.

Die eine Hälfte der Haut des Hodensacks war weiß. Und auf der stand von oben nach unten: P-A-U-L.

„Damit ist ausgeschlossen, dass mich jemals ein anderer nimmt! Du brauchst nie mehr eifersüchtig zu sein!"

Und Paul Markaris schossen die Tränen aus den Augen.

„Du bist irre, mein Leopard!"

„Irre nach Dir. Mein Dankeschön für alles!"

53

„Könntet ihr mir endlich erklären, warum Ihr die ganze Zeit so lacht? Dauernd läuft euch der Kaffee aus der Nase!"
Daraufhin konnten sich Paul und Angelos gar nicht mehr halten.
Uri wurde langsam sauer.
„Huhaha. Bitte gib mir einen Moment", sagte Paul.
Die zwei spinnen. Als sie heimkamen, hatten beide ein richtiges Leuchten in den Augen.
„Los, Angelos, zeig es ihm!"
Angelos ließ die Hose herunter.
Und Uri? Er bekam den Mund nicht mehr zu. Und vergaß zu atmen.
„Du … Du hast sie nicht mehr alle!"
„Stimmt. Ich habe nur noch eins!"
Und wieder ging das Gelächter los.
„Du hast die eine Hälfte weiß machen lassen und dann ‚Paul' darauf geschrieben?"
„Nicht selber. Obwohl das eine persönlichere Note gewesen wäre. Verzeih´ Paul!"
„Schon gut", Paul lachte immer noch.
„Ihr seid das wahnsinnigste Paar der Welt!"
„Ja. Hoffentlich sind wir das", sagte Angelos.
Uri drehte sich zu Paul und sagte:

„Wie sehr muss man einen Menschen lieben, wenn man so etwas macht?"

„Beeindruckend, nicht? Wir haben schon überlegt, ob ich nicht auch …"

„Nein. Bitte nicht. Ich will es nicht hören!" Angelos lachte.

„Ach Uri, ich hatte Dir doch für die Idee im Krankenhaus eine Belohnung versprochen. Möchtest Du die noch?"

Und Uris Augen leuchteten.

„AUF JEDEN FALL!"

GRIECHISCHE BRANDUNG

Der Mykonos-Krimi 1

Es waren noch zehn Meter, zehn endlose Meter.
Hinter sich hörte er heftiges Schnaufen.
Sie kamen näher.
Als er den Hof erreicht hatte, packte ihn eine
Hand am Hemdkragen. Er kam nicht mehr voran.
Fünf Meter vor dem Ziel.
Plötzlich spürte er einen furchtbaren Schlag von
vorne.

Und er hörte ein Krachen. Nein, er hörte und
SPÜRTE ein Krachen.

In der Regel lautet bei einem Mord die
entscheidende Frage: Wer ist der Mörder?
Nicht so im vorliegenden Fall. Kommissar Paul
Pandis von der Inselpolizei Mykonos quält
zunächst ein anderes Problem: Wer ist das Opfer?
Als er es endlich herausfindet, ist ihm klar, dass
dies keine normale Ermittlung wird.

JENSEITS VON MYKONOS
Der Mykonos-Krimi 2

Es war vorbei.
Seine Füße begannen zu versagen.

Immer wieder Wasser. Salzwasser. Es rann die
Speiseröhre hinunter und brannte im Magen.
Sehen konnte er auch nicht mehr viel. Das
Salz brannte auch in den Augen.
Er merkte, dass er immer öfter unterging.
Wer hat mich verraten? WER?
Dann kam die Erkenntnis: Es ist egal. Denn Du
bist tot.

Kommissar Paul Pandis steht ratlos in einer
Kunstgalerie.
Auf einer Skulptur, einem blauen Stier, hängt
eine Leiche, der Galeriebesitzer.
Und der war 94 Jahre alt.
Schnell ist Pandis klar, dass hier die
Vergangenheit ihre Schatten wirft

MYKONOS LOVE STORY 1

Die brennende Gestalt taumelte und fiel mit
einem Zischen zu Boden.
Ein letztes Stöhnen und es war vorbei.

Kommissar Paul Pandis steht vor einem Rätsel.
Ein gewöhnlicher Buschbrand entpuppt sich
als Doppelmord.

Doch Pandis hat noch ein Problem:
Er hat sich verliebt. In seinen Kollegen
Angelos. Ein Coming-Out mit 53!
Sein Leben wird zur Achterbahn, aber auch
zur glücklichsten Zeit seines Lebens.

MYKONOS LOVE STORY 2
PREQUEL 1

High Society wie die Kunstwelt blicken nach Mykonos. Ein bisher verschollen geglaubtes Zaren-Ei soll auf der Insel ausgestellt werden. Ein Sicherheits-Alptraum für Kommissar Paul Pandis.
Dennoch: zumindest keine Mordermittlung. Zunächst.
Dann wird auf einer Yacht eine weibliche Leiche gefunden.
Es ist Pandis´ Ex-Frau.
Und die war zuvor wenig begeistert davon, dass Pandis nun mit einem Mann verheiratet ist.

MYKONOS LOVE STORY 3
PREQUEL 2
Morgenröte über Mykonos

Er lag mit dem Rücken auf etwas und war
gefesselt. Was war hier los?
Ich bin doch nur ein Tourist?
Es muss ein Missverständnis sein.
Er konnte sich nur an einen Schlag erinnern.
Dann das große Nichts. Er hörte Schritte.
Chrysi Avgi, es lebe die Goldene
Morgenröte!"
Dann hielt einer der Männer seinen Kopf
hoch.
Der Andere rammte ihm zwei dünne,
orthodoxe Gebetskerzen in die Nase.

Kommissar Pandis und die ganze Insel sind
fassungslos angesichts zweier brutaler Morde.
Die Spur führt ihn zur „Goldenen Morgenröte",
einer rechten Splitterpartei.
Und für Pandis und seinen jungen Ehemann
Angelos wird es richtig gefährlich, denn als
Schwule sind sie das „Hassobjekt No.1!"

MYKONOS LOVE STORY 4

Gas Gas, Gas!
Der Motor röhrte.
Die Reifen qualmten.
Dann bekamen sie Grip.

Der Ferrari wurde immer schneller.
Passierte das Ortsschild.
Vor ihm der große Kreisverkehr.

Pedal, kein Druck, Erstaunen.
Pedal, kein Druck, Panik.
Dann flog er über das Geländer und krachte in
das Denkmal.
8 Min 42 Sekunden von Ano Mera.
Das war neuer Rekord. Es war sein letzter.

Kommissar Paul Pandis und Ehemann Angelos
halten es zunächst für einen Verkehrsunfall. Das
Unangenehme: Das Opfer ist der Sohn des
Bürgermeisters. Doch der Wagen war gestohlen.
Und es ist beileibe nicht der erste verschwundene
Ferrari auf der Luxus-Insel.

Und eine weitere schwere Prüfung steht Pandis
bevor: Angelos´ Eltern kommen zu Besuch.

MYKONOS LOVE STORY 5

Angelos ertappt Paul bei einem vermeintlichen Seitensprung – ausgerechnet mit seinem Bruder Christos – und verlässt Paul.
Als sich herausstellt, dass sie Opfer einer Intrige wurden, wird Angelos´ Bruder tot aufgefunden.

Und Angelos wird als mutmaßlicher Mörder verhaftet. Ein sehr persönlicher Fall für Kommissar Paul Markaris, (früher Pandis), in dessen Verlauf er selber zum Opfer wird – einer Vergewaltigung.

Der rosa Leopard

Die beiden schwulen Ermittler Paul und Angelos nehmen die ersten Anzeichen nicht ernst. Doch als immer mehr Partygäste auf Mykonos Opfer einer neuen Superdroge werden, kommen sie den Händlern schnell auf die Spur. Problem: Es sind Libyer von unvorstellbarer Brutalität.
Zuvor muss das Ehepaar Markaris noch eine weit schlimmere Klippe meistern: nach einem Einsatz in Athen - bei einer Geiselnahme -begeht Angelos einen Seitensprung – mit einer Frau. Das große Glück scheint vorbei.

MYKONOS LOVE STORY 8

Erscheint am 31.01.2019

Hinweise

OPKE ist die Spezialeinheit der griechischen Polizei.
In Griechenland unterstehen Polizei und Geheimdienst dem Militär.